( )의 순간

( )의 순간

펴 낸 날/ 초판1쇄 2024년 2월 12일
지 은 이/ 박세영, 이소담, 박진희, 박지현, 이혜리
　　　　 김희은, 한지은, 송시정, 강창아, 이지영

펴 낸 곳/ 도서출판 기역
출판등록/ 2010년 8월 2일(제313-2010-236)
주　　 소/ 전북 고창군 해리면 월봉성산길 88 책마을해리
　　　　 경기도 파주시 회동길 363-8 출판도시
문　　 의/ (대표전화)070-4175-0914, (전송)070-4209-1709

ⓒ 박세영 외, 2024

ISBN 979-11-91199-80-2　03810

두루유치원 사진과 글 모음

( )의 순간

박세영, 이소담, 박진희, 박지현, 이혜리
김희은, 한지은, 송시정, 강창아, 이지영
함께지음

ㄱ

지나가는 K-유치원입니다

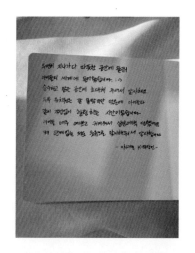

2022년 11월, 우리와 관계없는 누군가가 우리로 인해 심장을 '어택'당했다고 하는 일이 일어났다. 선생님들의 시선을 담은 사진전시회는 아이들의 세계로 누군가를 초대하는 일이란 걸 지나가는 K-직장인이 알려주었다. 작은 전시장을 빌려 선생님들의 사진을 전시하면서도 두루유치원과 티끌만큼이라도 관계가 있는 사람들이 올 거라고 생각했다. 사진 전시가 열리는 스튜디오를 찾지 못할까 봐 주차장과 찾아오는 방법들을 상세하게 알려주어도 한 번에 찾을까 말까 하게 복잡한 건물에서 열렸던 전시회에 티끌만큼도 "관계" 없는 이가 방문할 거라고 생각하지 못했다.

물론 전혀 기대가 없었던 것은 아니다. 그 건물 다른 층에 있던 근사한 레스토랑과 건물 앞에서 열리는 플리마켓 바닥, 건물 외벽 이곳저곳에 포스터를 붙이긴 했으니 말이다. 건물 구석에 있어 지나가는 사람도 없었지만, 사람 그림자라도 비치면 얼른 나가서 "공짜예요"를 외쳤으나 우리와 조금의 "관계"도 없는 사람이 시간을 내어 사진을 찬찬히 들여다보고, 심장어택과 힐링을 외치고 갈 줄은 몰랐다.

두루;[인따] 사진전시회는 두루유치원, 나성동의 갤러리(블룸갤러리), 세종특별자치시교육청, 이렇게 세 번에 걸쳐 진행되었다. 그중 나성동 갤러리 블룸 전시회는 2주 동안 운영되었다. 누가 언제 올지 모르기 때문에 누군가는 전시회장에 상주해야 했다. 오전에는 선생님들은 아이들과 수업이 있기 때문에 주로 두루유치원의 원장 김덕순 선생님이 전시회장에 있었고, 오후와 주말에는 선생님들이 당번을 돌았다. 2주 동안 유치원으로, 갤러리로 바쁘게 오고 가는 삶을 살았다.

어느 주말 저녁 6시(11월은 6시만 되어도 어둑어둑하다)가 넘은 시간에 전시회장을 정리하려고 할 때 머뭇거리는 인기척을 느꼈다. 그럴 때는 태어날 때부터 낯가림이라곤 없이 처음 보는 사람과도 10년을 알고 지낸 사람처럼 대화할 수 있는 뻔뻔함이 장착된다. 여러 가지 경험을 하면서 내 안에 여러 가지 자아를 만나지만, 이런 자아가 있으리라곤 상상도 못 해봤는데 '넌 좀 낯설다'를 말하기도 전에 받아들일 수밖에 없었다. 여기가 뭐 하는 곳인지 물어보는 그분에게 꽤 여러 차례 사진전시회의 취지를 설명해드리고 안내했다.

한참 동안 사진에 여기 저기 시선을 던지며 갤러리를 배회하는 낯선 이의 뒤를, 잘못을 들킬까 봐 걱정하는 어린아이처럼 어쩔 줄 몰라 하며 졸졸 따라다녔다. 그러다가 불현듯 '왜 여기서 하는가'라는 다소 당황스러운 질문을 받았다. '홍시맛이 나서 홍시 맛이 난다'고 말할 수밖에 없는 것처럼 '여기서 하니까 여기서 한다'는 말을 어떻게 표현해야 할지 몰라 망설이고 있었다. 그 낯선 방문자는 우리가 머뭇거리는 사이에 '행정부나 기재부 1층에서 이런 전시를 해야 한다'고 시험문제에 확신에 찬 정답처럼 말했다. 그분의 말씀을 요약하자면 정부 부처의 공무원들이 이런 사진을 보고 아이들의 교육이나 삶에 대해 생각하고, 국가의 예산을 아이들을 위해서 많이 쓸 수 있도록 해야 한다는 것이다. 무슨 말인지 정확하게 알고 이해할 수 있었으나 행정부나 기재부 1층에서 사진전시회를 할 수 있는 방법을 몰라서 실행에 옮기지 못했다. 그러나 그 말을 들었을 때만 해도 당장 실행에 옮길 것처럼 피가 뜨거웠었다(굳이 '뜨거웠었다'라고 하는 것은 지금은 피가 뜨겁지 않아서가 아니라 당장이라도 집에 가는 길에 행정부 1층 로비를 담당하는 공무원에게 전시회를 해놓으라고 생떼라도 쓰고 싶은 간절함이 있었다).

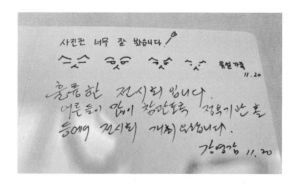

그 낯선이는 방명록에 자신을 강영감이라고 소개했다. 강영감 님은 암행어사처럼 몰래 나타난 정부 기관의 높으신 분이 아닐까? 그래서 다음날 아침 출근과 동시에 "진행시켜"라고 하는 건 아닐까 하는 허황된 기대를 했다. 그런 일은 결코 일어나지 않았지만, 정부기관에서 이 책을 대량으로 구매하여 사진 전시회를 대신하는 상상이 아무것도 일어나지 않은 빈자리를 메우고 있다.

우리 아이들은 유치원에 '맡겨지는' 존재가 아니고, '손이 많이 가는' 존재도 아니고, 우리를 '행복하게 하기 위한 존재'도 아니고, '금쪽 같은' 존재는 더더욱 아니다. 훌륭하게 길러내서 '우리의 미래를 짊어져야 하는' 존재도 아니다. 아이들과 함께 지내며 겪는 삶의 희로애락도 그것의 원인이 아이들에게 있는 것이 아니라 살아가는 과정의 어느 부분으로 '그냥 있는 것'이다. 아이들은 우리와 함께 살아가기 위해서 우리와 함께 있다. 일방적으로 돌보고 키워야 하는 존재들이 아니다. 아이들도 우리를 돌보고 성장시킨다.

전시를 하는 동안 우연한 만남들은 우리가 하는 일의 의미에 대해 생각해보게 했다. 사진전은 교실에서 찍은 사진을 나 혼자만 보기 아까워서 학부모와 동료 교사와 아이들과 나누어 보던 일에서 시작된 일이었지만, 우리의 활동이 더 많은 이들과 공유될 필요가 있다는 책임감을 불러일으켰다. 책임감을 불러일으켰다는 것은 우리가 마지못해 이 일을 하게 되었다는 것이 아니라, 오히려 우리 스스로도 잘 몰랐던 우리 일의 의미를 깨닫게 해주었다는 뜻에 가깝다.

우리의 시간은 지나간다. 아이들과 함께 있었던 시간도 지나간다. 그 시간에 잠시 머무르고, 그 사이사이의 많은 이야기에 살고, 점선 같은 시간을 이으려고 한다. 아이들의 세계에 초대하는 것이 아니라, 아이들의 세계가 방문하려고 한다. 심장 어택 당할 준비가 되었는가?

지나가는 K-유치원입니다. 잠시 들어가도 될까요?

'지나간다'는 것은 시간의 이동을 의미한다. 우리가 살아가는 동안 시간은 끊임없이 흐른다. 아이들이 뛰어놀던 순간, 그리고 친구와 비밀을 나누는 순간들은 모두 시간 속에 존재했다가 지나간다. 우리의 순간들은 지나가는 중이다.

사진은 시간이 멈춘 듯한 순간을 포착한다. 사진 속에서 영원히 고정된 순간을 의미한다. K-유치원의 아이들이 웃고 뛰어노는 모습, 선생님과 함께하는 따뜻한 순간들이 사진에 담겨 영원히 박제된다. 사진은 지나간 시간을 불러올 수 있는 수

단이다. 우리가 시간을 '지나간다' 할 때, 우리는 시간을 마치 볼 수 있는 공간처럼 만든다. 보이지 않는 시간을 우리는 마치 어딘가에 실제로 있는 것처럼 여긴다. 그 시간이 어디에 있는 것처럼 그 시간을 방문하고, 시간 속으로 들어가고, 그 시간에 살기도 한다. 기억으로 과거를 다시 방문하고, 때로는 미래를 상상하며 앞으로 나아간다. 이렇게 우리가 지나는 시간은 우리 삶에서 중요한 '공간'이 된다.

또 다른 의미로 '지나간다'는 것은 성장과 변화를 의미한다. K-유치원에 처음 왔을 때와 비교해 아이들은 키가 자라고, 더 많은 것을 할 수 있다. 이는 신체적 성장뿐만 아니라 정신적, 감정적 성장도 포함한다. 아이들이 겪는 갈등과 해결, 새로운 스킬을 배우는 과정 등 모든 것이 시간을 필요조건으로 하는 변화이다. 이 신체적 경험은 아이들이 자신과 세계를 이해하는 데 중요한 역할을 한다.

이 책은 세종특별자치시의 첫 번째 혁신유치원인 두루유치원의 세 번째 책이다. 첫 번째 책은 『얘들아, 줄지어 걷지 않아도 괜찮아』라는 책이다. 첫 번째 책에는 대한민국에서 혁신학교다운 최초의 혁신유치원으로서 두루유치원이 실천했던 교육과 그 실행 가운데 있던 고민과 고찰, 성장 과정을 기록하였다. 많은 혁신학교가 교육 실천에 대한 책을 출판했다. 그 많은 책과 견주어 『얘들아, 줄지어 걷지 않아도 괜찮아』는 전혀 기죽지 않는다. 만약에 이 책을 읽게 된다면 그저 아이들 코 닦아 주고, 놀아주기나 할 줄 알았던, 또는 조기교육이 최고의 교육처럼 여겨지는 유아교육에도 심오한 교육적 철학과 멋있는 배움과 성장이 있다는 것을 알게 될 것이다.

두 번째 책 『괜찮아요 선생님, 괜찮아요』는 두루유치원의 처음과 자람, 나눔과 고마움에 관한 특별한 이야기이다. 그리고 선생님들 눈에 특별해 보이는 아이들에 대한 이야기이다. 모든 아이가 특별하고 사랑스럽다. 두루유치원의 특별함만큼 두루유치원의 아이들도 특별하다. 특별함을 특별하게 만드는 것은 선생님이다. 처음, 자람, 나눔, 고마움은 두루유치원 교육의 내용 범주이다. 선생님들이 마주치는 아이들의 처음, 자람, 나눔, 고마움에 대한 이야기를 담고 있는 책이다. 즉, 아이들이 배우는 것에 대한 이야기를 담고 있는 책이다.

두루유치원의 첫 번째 책은 두루유치원의 특별함에 대해서 이야기한다. 두 번째 책은 두루유치원의 특별한 아이들과 그들의 특별한 배움에 대해 이야기한다.

그러나 세 번째 책인 이 책은 이제 더 이상 두루유치원이 특별하다고 이야기하지 않으려고 한다. 왜 두루유치원이 특별하다고 이야기하지 않으려고 하는 걸까? 세상의 모든 아이는 다 특별하기 때문이다. 모두 다 특별하면 그게 평범한 것 아니냐고 할 수도 있다. 우주의 셀 수 없이 많은 별은 각자 빛난다. 옆에 있는 별이 밝게 빛난다고 해서 그 별이 빛을 잃는 것은 아니다. 별은 자체발광하지 않지만 빛을 반사한다. 별마다 고유한 성분을 가지고 있다. 이 성분들이 별이 내는 빛의 색깔과 밝기를 결정해준다. 별들도 그 안의 다양한 원소들 덕분에 각자만의 특별한 빛을 발한다.

아이들도 관계 안에서 특별한 빛을 발현한다. 특별함이 특별함을 특별하게 한다. 그래서 세 번째 책에서는 두루유치원만 특별하다거나 두루유치원 어린이들만 특별하다는 이야기 대신 각자 밝게 빛나는 특별함 안에 특별한 우리 모두의 이야기를 하려고 한다.

우리나라의 유아교육은 (적어도 우리가 아는 한) 선망의 대상이 늘 외부에 있었다. 레지오에밀리아를 동경했고, 북유럽의 덴마크와 핀란드 교육을 추종하였다. 그리고 교육사상과 철학은 독일에 빚지고, 교육제도의 많은 부분이 미국에 지분이 있다. 하지만 그런 사실을 인정하더라도 그것이 우리가 뒤처지고 부족하다는 뜻은 아니다. 우리는 K-유치원이다. K-팝, K-드라마, K-푸드, K-컬처는 세계에서 한국의 것이 최고라는 뜻이 아니다. 하나의 장르이다. 대한민국의 특별한 유치원이 아니라 하나의 장르가 된(되고 싶은) 두루유치원의 이야기에 고스란히 드러나 있다.

이 책은 총 네 개의 장으로 구성되어 있다.

1장 '배움'에서는 어린이들은 놀이를 통해 삶의 다채로움을 경험하고 자기가 배우고 싶은 것을 찾아나간다는 것을 다룬다. 어린이의 놀이를 통해 얻는 행복과 유능함에 대한 내용을 다루며, 이것이 어린이의 배움이자 삶이라는 이야기를 하고 있다.

2장 '세상'에서는 어린이들이 세상과의 관계를 통해 자신을 발견하고 세상을 탐구하는 과정에 대해 이야기한다. 아이들이 일상에서 새로운 경험을 만나며 자신의 삶을 가꾸어나가는 모습을 강조하며, 세상과의 연결되어 있다는 내용을 담고 있다.

3장 '우리'는 배움을 통해 나다움을 찾아가는 여정과 자신에 대한 이해를 주제로 한다. 아이들이 자신을 이해하고 다른 사람들과 소통하며 공동체 내에서 자신을 찾아가는 과정을 담는다.

4장 '마음'은 어린이들의 다양한 감정과 시선을 다루며, 기분과 분위기가 배움에서 중요하다는 것을 이야기하고 있다. 아이들의 순간적이고 아름다운 경험을 공유하며, 감정을 통해 세계를 확장함에 대해 이야기한다.

『(   )의 순간』은 어린이들의 세계를 존중하고 그들의 배움과 성장을 의미 있게 다루고 있다. 이 책을 읽는 동안 독자들에게 어린이들의 사랑스러움과 함께 어린이들의 세계가 성큼 다가와 어린 시절에 대한 향수를 불러일으킬 것으로 기대한다.

『(   )의 순간』이 세상에 나오기까지 무척이나 많은 용기가 필요했다. 그리고 그 용기가 실행되기까지 또 많은 책임감이 필요했다. 우리가 무엇을 하고 있는지 알려준 K-직장인님과 강영감님께 고마움을 전한다. K-직장인님과 강영감님이 이 글을 보신다면 좋겠다. 그리고 사진 전시회에서부터 책이 나올 수 있도록 응원과 성원과 지지와 지원을 해주신 최교진 교육감께 감사드린다. '책'임감을 가져야 하기에 '책'이라고 하며, 자칭 '게으른 완벽주위자'인 우리에게 원고를 종용해주신 도서출판 기억 이대건 대표께 감사의 인사를 전한다. 사실은 그리 대단하지 않을지 모르나 대단하게 만들어주고, 이 책이 이러한 모습으로 세상에 나올 수 있도록 제안해주시고 기꺼이 애정이 듬뿍 담긴 추천의 글을 써주신 김희연 교수께 어떻게 이 은혜를 갚을 수 있을지 모르겠다. 그리고 이 책을 함께 쓴 것이나 다름없는 두루유치원 김덕순 원장과 김혜진 원감, 두루유치원의 교직원들께 무한한 애정과 감사를 보낸다. 이 책에 담긴 모든 선생님의 언어와 생각과 마음은 모두 그들에게 빚지고 있다. 마지막으로 두루유치원 어린이들, 두루유치원이 처음 개원한 2015년부터 거쳐간(지나간) 모든 아이들, 그리고 앞으로 두루유치원을 지나갈 아이들까지, 그 모든 특별한 아이들에게 감사와 약속을 바친다.

2024년 2월

고운동에서 박세영

차례

펴내는 글 "지나가는 K-유치원입니다" ····· 004
여는 글 "기록하다, 기억하다" ····· 016

1장. 배움 ····· 019

1. 자기의 배움을 찾아가는 어린이 ····· 020
내 이름을 쓴다는 것은 / 제일 부드러운 꽃을 찾았어요 / 100층짜리 집 / 가을밥상 차리기
곤충 놀이터 / 울음의 이유 / 특명! 장수풍뎅이를 구출하라! / 거기 쏙 들어갔어
나무껍질을 벗기고 벗기면 / 물감처럼 생겼어요 / 진짜! 커피예요
이번엔 무슨 색으로 그릴 거야? / 스케치북
이거 진짜 먹을 수 있는 거 아니에요? / 소원을 이루어주는 손톱꽃

2. 삶을 지지하는 튼튼한 근육 ····· 032
소리가 도착하기 전에 / 뭐 하고 있을까? / 열매가 어디서 떨어졌을까? / 너도 들리니?
묶지 않아도 풍선을 만들 수 있어 / 백을 향한 혼신 / 집중의 순간 / 집중하는 건축가
아이와 종이와 색연필 / 인용부호 속 몰입

3. 용기를 내기 위해 필요한 '무언가' ····· 040
바람이 불어서 떨어질 것 같아 / 30분이 걸려도
얼굴이 빨개질 때까지 난 매달리기 1등이에요 / 포기하지 않을 거야
형아 이것 봐. 나 성공했어! / 한발 나아간 용기 / 그저, 특별하게

4. 어린이들이 경험하는 기쁨의 순간 ····· 046
형아랑 똑같아요 / 아슬아슬 달리기 / 우르르와 꺄르르 / 너의 엉덩이에 풍덩
내가 여기에 별이랑 달 만들어볼까 / 종이와의 만남
가위바위보로 정하자 / 물감 위의 왈츠 / 여기 너무 편안하고 좋지 / 완전 폭포다!
흙탕물 튀기기의 재미를 알아가는 중 / 내 엉덩이 맞춰보시지! / 온몸이 미끌미끌

2장. 세상 ······ 057

1. 우리가 발견한 가능성에 대한 이야기 ······ 058
나무시소 / 동물농장의 생일잔치 / 선생님, 어서 와서 밥 먹어요
손잡은 친구들의 모습 / 멀리 가면 더 큰 게 나와 / 달리기 유발자
들여다보기 기다려주기 / 숲 놀이터에서 해먹에 눕는 즐거움 / 비밀의 미끄럼틀
언니가 알려줄게 / 이것 봐 / 제천 나들이
작고 예쁜 손안에 더 작고 예쁜 열매 하나 / 빛은 빛을 만든다

2. 세상과 이어주는 호기심 ······ 070
땅속 세상이 궁금해 / 만남 / 꿀벌 두 마리가 모여 있어요
모든 곳이 도화지 / 벌레가 왔다 / 으름과의 첫 만남 / 대화의 희열

3. 어린이의 마음 속 우주 ······ 078
물고기는 존재한다 / 징검다리 놀이 / 상상의 세계가 열렸다
저 하늘 위엔 / 소라게 / 바닷속에서 놀기 / 고래가 나올지도 몰라
타잔처럼 날아보자

4. 오늘의 시민 ······ 086
빛과의 만남 / 같은 방향으로 / 잠자리 / 전지적 관찰자 시점 / 안과 밖의 만남
아기 새야 잘 지내고 있니 / 우연히 만난 아기새 / 우리가 만드는 가위! 바위! 보!
우리는 친구야 / 고운동 지킴이 / 같이 탈래요?
포근한 숲속, 하늘을 바라보다 / 맨발의 감촉 / 반짝반짝
반짝이던 봄날의 어느 날 / 우리의 추억을 기억하는 법 / 숲속에 사는 나의 친구들

3장. 우리 ····· 103

1. 마침내, 우리! ····· 104
어서 와 기다리고 있어 / 우리가 늦게 오는 이유 / 우리들의 싸움을 기념하며
기쁠 땐 나도 모르게 점프를 뛰게 돼 / 너네 뭐하니 / 도와줘서 고마워
내가 빌려줄게 / 우리가 되는 순간 / 교실은 우리집 / 내 손을 잡아
연필심 끝에 닮은 이야기 / 우리가 재웠어요, 진짜로! / 조금만 더

2. 있음 탐구생활 ····· 116
꽃과 너 / 꽃과 같은 아이들 / 모래 놀이터 / 깜짝 놀랄만한 사건 / 넌 나의 천사야
너만 보인단 말이야 / 나를 웃게 하는 너 / 눈빛만 봐도 / 너무 귀여워
맞잡은 손의 온기 / 너도 나도 스스로 도는 힘을 위하여
오이 팩은 이렇게 하는 거예요(mr. 오이씨) / 저 혼자 할 수 있다고요! / 이번 이야기

3. 우리라서 좋은 우리 ····· 130
지금, 여기, 이 순간 우리 / 싱그러운 숲 요정들의 아침 모임 / 모두 다 꽃이야
무궁화 꽃이 피었습니다 / 난 너의 장꾸 / 서로를 담다
함께 만들어가는 우리 반 / 풍당풍당 / 겨울, 우리
조금씩 살살 부어봐 살살 / 같이의 가치 / 짝꿍 / 든든한 척척박사 선생님
무거운데 가볍고 함께하는데 행복해
물 만난 물고기들 / 얘들아 밧줄을 힘껏 잡아당겨
자! 출동이다 / 모험의 다리

4장. 마음 ······ 149

1. 아침과 같이 ······ 150
TODAY IS THE BEST DAY / 햇살 / 두더지의 길 / 해냈다! / 나한테 뿌려줘 / 봄날의 햇살
바람아 불어라 / 귀여운 아기새 / 안간힘 / 물아, 너는 어디로 가니?
선생님 저기 위에는요 / 시선이 닿는 곳 / 테두리 / 너의 모든 순간
으악! 왜 이렇게 커! / 즐거운 여름 / 이만큼이나 들어가요! (시원하고 상쾌한 나!)
처음엔 그런 거지 / 가을을 걷다

2. 마음을 담아서 ······ 166
두루유치원에서 찾은 우리의 행복 / 곤충을 바라보는 진지한 눈빛
하늘에서 비가 와요 / 우리의 평화로운 시간 / 두근두근 / 넌 언제 먹을 수 있을까?
자고 일어나면 밥 먹어 / 과잉진료
깜짝 생일파티 케이크 숨긴 곳은 / 숲속에서 찾은 보석

3. 마음에 귀 기울이기 ······ 174
모래일체 / 길을 잃지 않도록 / 내 마음속에 저장 / 놀이책에 너를 그렸어
두루유치원이 조와요 / 도움의 손길 / 내민 것은
따뜻한 손, 다가온 것은 용기라는 마음 / 숨바꼭질 / 스스로 해보고 함께 해보고
우리의 가위바위보 / 어디로 통했을까? / 할까 말까 / 이게 정말 뭐람
예쁜 꽃바구니 만들어서 엄마에게 선물할래요 / 엄마에게 주는 선물
우리가 그네를 타는 방법 / 전염

닫는 글 "공상과학소설은 아니지만" ······ 190
추천 글 "불완전한 포착, 돌봄적 사진의 아름다움에 대하여"(세종대학교 교수 김희연) ······ 194

기록하다, 기억하다

어린이의 빛나는 순간
사진으로 만나는 희망과 가능성

　어린이에게서 무엇을 보아야 하나? 우리 눈앞에 있는 어린이는 단지 현재가 아니라 희망과 가능성으로 가득 찬 미래이다. 우리가 매일 마주하는 것은 단순한 아이들의 일상이 아닌 미래로 열려 있는 가능성의 지점들이다. 교사의 시선은 어린이들의 내일을 향한 지지와 지원이다.

　교실에서 교사가 찍는 사진은 교사의 시선이다. 사진은 단순히 시각적인 기록을 넘어서 감정과 기억의 무한한 영역을 탐구하는 도구이다. 교실 안에서 교사의 카메라는 어린이들의 빛나는 순간을 포착함으로써 삶의 중요한 순간들을 시간을 초월한 이미지로 영속시킨다. 이러한 사진은 단순한 이미지가 아니라, 희망과 가능성이 담긴 이야기로 우리에게 말을 건넨다. 아이들의 일상 중에 발견되는 작은 성취, 새로운 발견, 호기심의 시작과 같은 순간들은 사진을 통해 기록된다. 이러한 순간에 어린이들을 향한 교사의 시선이 있다. 이것은 단순한 관찰자의 시선을 넘어선 교육의 깊이이자 나와 함께 살아가고 있는 한 존재에 대한 애정을 담고 있다. 교사는 어린이들의 눈빛과 손짓에서도 무언가를 발견한다. 그들의 호기심과 열정, 순수한 기쁨이 담긴 그 순간들을 사진으로 포착한다.

우리는 아이들의 표정, 시선, 몸짓에서 깊이 잠재되어 있는 무엇인가를 발견한다. 자기 스스로의 고유한 모습으로 세상과 만나고 관계를 만들어가는 것이 교육의 본질이다. 사진은 현재의 순간을 포착하는 동시에 미래에 대한 희망과 꿈을 담아낸다. 교사로서 우리는 이 사진들을 통해 어린이들이 가진 무한한 잠재력과 가능성을 본다. 어린이들의 현재로부터 미래를 가시화한다. 우리는 사진 속 어린이에 대해 생각하며 하나의 존재에 대해 생각한다. 그 고유함과 특별함에 대해서 말이다. 사진은 그 시간에 거기에 있었던 존재가 우리에게 말을 건네는 소통의 창구가 되며, 이 대화는 어린이들에 대한 무한한 책임을 부여한다. 우리는 어린이의 배움에 함께 얽히고, 공감하게 되며, 이를 통해 좋은 선생님이 되어간다.

기록으로서의 사진의 의미
왜 '사진'이어야 했는가?

우리는 과거의 순간을 포착하고 기억하기 위해 사진을 찍는다. 사진은 그 순간을 있는 그대로 담아내는 매체이다. 우리는 오래오래 기억하고 싶은 순간에 사진을 찍는다. 맛집에서 맛있는 음식 사진을 찍고 SNS에 기록하지만 그 음식을 기억하기 위해서가 아니라 누구와 함께인지, 또 그날의 기분이나 분위기를 기억하기 위해 사진을 찍는다. 사진은 단순한 이미지를 넘어서 우리의 기억과 경험을 재현하는 강력한 수단이다. 특히 교육적 맥락에서 교사가 아이들의 경험의 순간을 포착하는 행위는 특별한 의미를 지닌다. 이는 단순히 시각적 기록을 넘어서 어린이들의 성장과 배움의 순간을 기억하는 것이다. 이러한 사진에 교사의 기록이 더해지는 것을 통해 교사는 사진이 담은 순간의 새로운 의미를 부여한다. 이 과정에서 개인적인 경험이 공동체의 공유된 기억으로 전환되며, 그 경험을 전달한다. 이는 예술작품이 갖는 전통적인 아우라의 소멸이 아니라 새로운 형태의 아우라를 창조하는 행위로 볼 수 있다. 교사의 사진과 문장으로서의 기록은 교육적 서사를 구성한다. 배움이나 가르침은 지식의 전달이 아닌 맥락과 이야기, 즉 삶 그 자체이다.

아이들의 반짝이는 눈빛, 감정, 몰입, 어린이의 마음을 빼앗기는 순간들이 시간의 흐름 속에도 영원히 풍부한 색채와 생명력을 지닌다. 이러한 기록은 교육이란 무엇인가에 대해 생각해보게 한다. 우리는 이를 통해 교육이 단순히 지식 전수의 전통적인 목적을 넘어 공유되고 새롭게 의미를 더해가는 것이라는 것을 말하고 싶다.

우리는 교실에서 수많은 사진을 찍는다. 하루에도 수십 장의 사진을 찍고 빠르게 소비되고 잊힌다. 사진이 과잉생산되는 시대에 우리는 사진들이 단순히 순간의 기록과 불확실한 기억의 보조적인 역할을 넘어서 우리의 삶과 경험을 어떻게 의미있게 반영하는지, 그리고 이를 어떻게 남기고 공유할 수 있을 것인지에 대해 생각해 볼 필요가 있다.

1장. 배움

어린이들에게 놀이는 삶이다.

달콤한 꽃향기를 맡으며 아름다운 자연과 교감하는 어린이.

끈적끈적한 물감 위에서 춤을 추며 다채로운 색감을 온몸으로 느끼는 어린이.

구상한 건축물을 만들기 위해 손끝 하나하나에 온 집중을 모아 몰입하는 어린이.

어른이 보기에 어린이들은 그저 놀기만 하는 것 같다. 그렇지만 당연하다고 생각하는 어린이의 놀이를 찬찬히 그리고 낯설게 들여다보면 놀이 안에서 생생하게 살아있는 기쁨과 감동, 환희의 순간들을 마주할 수 있다.

어린이는 삶의 다채로움을 경험하면서 자기가 배우고 싶은 것을 스스로 찾아나간다. 놀면서 그 방법을 발견해 나가고, 티끌 없이 순수한 행복함과 나라는 존재에 대한 유능함을 온 마음으로 느낀다. 이것이 어린이의 배움이자, 삶이다. 이 시기의 배움을 통해 어린이는 앞으로의 삶에서 무엇인가에 용기를 내 도전하고, 온종일 몰입하며, 자신과 세상을 진심으로 사랑하는 힘을 가질 수 있을 것이다.

우리는 이런 배움을 놀이에서 찾았다. 이 사진들을 통해 어린이의 놀이를 있는 그대로 바라보고 그 배움을 존중하며, 우리가 느낀 가치를 함께 나누고자 한다.

당신의 어린 시절엔 어떤 놀이가 있었는가?

세대를 가로질러도 변치 않을, 찬란했던 나의 시절을 잠시나마 마주할 수 있기를 바란다.

자기의 배움을 찾아가는 어린이

작은 별들은 자기만의 빛을 내며 우주에 살고 있다. 어린이들은 자신만의 빛을 내며 스스로의 배움을 탐험하는 별이다. 어린이들은 자신의 유능함으로 스스로의 세계를 구축해나간다. 우리는 매일 이 작은 별들의 세계로 들어선다.

어린이들은 매 순간 스스로가 배움의 주인이라는 사실을 우리에게 보여준다. 스스로 질문을 던지고 대답을 찾으며 새로운 것을 찾는다. 어린이들은 어른들은 모르는 자신만의 방식으로 세상을 이해하고 해석한다. 우리는 이 어린 별들의 성장을 지켜보며 그들의 유능함과 행위 주체성을 존중하고 지원한다. 어린이들이 스스로의 길을 찾아갈 수 있도록 격려하고 그들의 작은 성취에 기뻐한다. 어린이들의 세계는 무한한 세계로 길을 만들어 가고 있으며, 교사는 그 길을 여는 여정에 함께 한다.

자기만의 배움을 찾아가고 나다운 삶을 사는 것이 교육의 가장 큰 이유가 아닐까?

내 이름을 쓴다는 것은

세상에 태어나 불린 내 이름. 그 이름을 말하고 말하고 말하고, 듣고 듣고
듣고, 읽고 읽다가, 드디어 쓴다.
내 이름을 쓴다는 것은, 내 세상을 세상에 알리는 것.

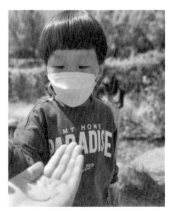

제일 부드러운 꽃을 찾았어요

아이들이 두루유치원 뒤에 있는 고운동 공원에서 제일 부드러운 꽃을
찾았다. 벨벳 같은 그 느낌이 놀랍다. 아이들의 발견은 항상 경이롭다.

100층짜리 집

빨대블록으로 만드는 100층짜리 집.
처음엔 1층으로 시작했는데……. 높이, 더 높이 100층까지 짓고 싶었다.
하지만 집을 짓는 일은 쉬운 일이 아니었다!
무너지고, 흔들리고…… 다시 세워도 또 무너진다.
실패해도 괜찮아. 우리는 놀고 있는 중이니까.
다음엔 바닥부터 더 튼튼하게 지어봐야지!

가을밥상 차리기

자연은 소꿉놀이의 가장 맛있는 재료가 된다.

곤충 놀이터

여기는 곤충들도, 뱀도 놀러 오는 놀이터예요. 곤충들이 놀다가 먹을 수 있는 열매도 있고요. 놀다가 쉴 수 있는 파라솔도 있어요. 여기서 놀면 엄청 재밌겠죠?

울음의 이유

네가 왜 울까?
왜 울어?
어떤 것이 속상해?

"내가, 내가, 내가!
 스스로 신발을 신고 싶었어어어엉!"

이 세상 울음의 이유는 만 가지다.
그러나 유치원에서 울음의 이유는
배움 그 하나뿐.

특명! 장수풍뎅이를 구출하라!

어린이가 모래 놀이터에서 땅에 파묻힌 장수풍뎅이를 삽으로 꺼내는 모습을 보던 중,
학부모님과의 통화하며 듣게 된 귀여운 에피소드가 생각이 났다.
"할머니 댁에 갔는데, 자연스럽게 삽을 들고 땅을 파더라구요. 삽을 쓰는 법을 알려준
적이 없는데 어디서 배웠나 했더니, 선생님이 올려주신 사진을 보고 알았어요. 유치원
에서 배웠구나."

거기 쏙 들어갔어

아무것도 없는 공간 위에 어린이들은 새로운 공간을 창조한다. 뚝딱뚝딱 블록으로 완성한 3층 침대. 어린이는 온몸으로 공간을 체험하며 끊임없이 다시 질문하고 다시 만들어가길 반복한다.

나무껍질을 벗기고 벗기면

물감처럼 생겼어요

버찌 열매를 톡 터트리면,
예쁜 빨간색 물이 나온다는 걸
알게 되었다.
"와 꼭 빨간색 물감 같아!"
"어디 봐봐. 나도 볼래."
어느새 물감으로 변신한
버찌 열매를 바라보는
호기심 가득한 뒷모습이 귀엽다.

이번엔 무슨 색으로 그릴 거야?

라이트테이블 위 예쁘게 번져 보이는
그림을 유심히 살피며 동생이 묻는다.
"이번엔 무슨 색으로 그릴 거야?"
언니가 그리고 있는 그림 안의 규칙을 찾아보고 있는 것이다.

◀진짜! 커피예요

스케치북

내 몸이 스케치북이 되다니! 나는 스파이더맨이다!

이거 진짜 먹을 수 있는 거 아니에요?

반짝반짝별반 친구들과 함께 밀가루를
반죽하고 그대로 오븐에 구워본 날.
빵을 만드는 데에는 더 많은 재료가
필요하다는 것을 아는 것보다 반죽의
모습이 변하고, 촉감이 달라지고, 냄새를
맡는 것만으로도 충분히 즐길 수 있는
아이들.
한참 냄새 맡더니 "진짜로 먹을 수 없는데
왜 진짜 빵 냄새가 나요?"
궁금함을 참을 수 없다.

소원을 이루어주는
손톱꽃

뜨거운 햇살이 내리쬐는
여름날, 첫눈을 기약할
손톱꽃을 물들인다.
"첫눈 오는 날까지 손톱
꽃이 남아있으면 우리의
소원이 이뤄질 거야."

삶을 지지하는 튼튼한 근육

몰입하는 아이들의 표정은 어떤가?

몰입하는 어린이들의 눈빛은 반짝이고, 작은 발견에도 눈이 커지고 입가에 미소가 번진다. 입이 저절로 벌어지기도 하고, 멈춘 시간을 살고 있는 것처럼 보이기도 한다. 자기 자신을 잊어버린 듯한 모습을 보이기도 하고 자신감이 넘치는 모습을 보이기도 한다.

몰입하는 어린이는 새로운 세계를 발견하고 자신만의 방식으로 그 세계를 이해하고 있다. 자신들의 호기심을 따라가며 자연스럽게 세상에 대한 이해를 넓혀나간다. 우리가 몰입을 하고 있는 순간은 시간이 얼마나 지났는지도 모르고 주변에서 어떤 일이 일어나도 그것을 알지 못한다. 그래서 몰입을 할 때는 나 자신조차도 내 인식 안에 없다. 그러나 몰입을 한다는 것은 자신을 잃어가는 것이 아니라 오히려 내가 몰입하는 대상 안에서 스스로를 탐구하는 과정이기도 하다. 어린 시절 무언가에 수없이 몰두해 본 경험을 쌓으며 그 경험에서 자신을 찾아가고, 그 과정이 삶을 지지하는 튼튼한 근육으로 기능하길 바란다.

소리가 도착하기 전에

아이들이 호스를 들고 계단을 뛰어 올라간다. 소리가 도착하기 전에 우리가 도착해야
하기 때문이다. 다급한 아이들의 발걸음은 호기심에서 시작된 실험의 과정이다.
이 호기심 안에 있는 즐거움과 유쾌함이 소리보다 빨리 친구에게 닿는다.

뭐 하고 있을까?

작은 나뭇잎 위로 올라탄 곤충을 바라보는 아이들.
몸짓도, 말도, 숨도 잠시 멈춘 채 한 생명의 움직임을 가만히 들여다본다.
이내 내가 발견한 모습을 재잘재잘 이야기하며 친구들과 함께 나눈다.
아이들이 살고 있는 세상 속 또 하나의 작은 세상을 마주하는 순간, 눈빛이 반짝인다.

열매가 어디서 떨어졌을까?

숲에서 주운 도토리를 모으다 문득 궁금해졌다.
"열매가 어디서 떨어졌을까?"
호기심으로 가득한 아이들의 눈이 마치 반짝거리는 별 같다.

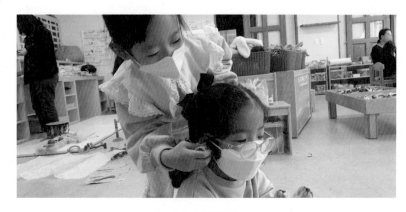

너도 들리니?

어린이들은 자신의 생각, 스스로 발견하고 느낀 것 등
수많은 것들을 친구들과 나누며 함께 배움을 만들어 간다.

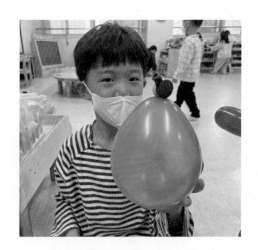

묶지 않아도 풍선을 만들 수 있어

"선생님, 큰 풍선을 만들려면 큰 자석들이 필요해요!"
"선생님은 전혀 생각하지 못한 방법이야. 정말 대단한데?"

백을 향한 혼신

"선생님도 세어보세요. 100이 되는지 안 되는지 말이에요."
백 개의 색종이 고리를 연결하는 것을 목표로 삼은 어린이는 자신이 만든
색종이 사슬에서 고리가 몇 개인지 계수기로 세어본다. 처음 세었을 때는 아흔아홉 개,
선생님이 세었을 때는 딱 백 개였다. 다시 어린이는 혼신의 힘을 다해 백을 위해 센다.
고리 하나하나에 몰입과 정확함을 꾹꾹 눌러 담는다.

집중의 순간

자동차 위에 자동차를
올리는 중심잡기 놀이.
몰입의 순간. 집중의 눈빛과
신중한 손.

집중하는 건축가

100층짜리 집을 짓는
어린이의 모습이 사뭇
진지하다. 안전모를 쓰고
손끝에 집중하며 한층, 한층,
만들어 나가는 꼬마 건축가.

아이와 종이와 색연필

이 순간 이곳엔 아이와
종이와 색연필만 있다.
아이의 눈이 빛난다.

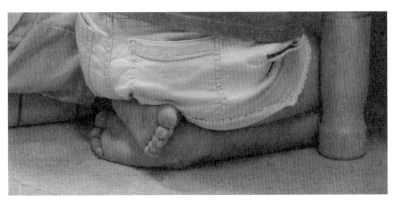

인용부호 속 몰입

어떤 행동들은 책속의 글귀처럼 인용부호에 담아 둘 때가 있다.
'몰입'이라고 쓰인 그 페이지에 이런 모습이 담겨져 있다.

용기를 내기 위해 필요한 '무언가'

드넓은 세상을 항해하는 어린이에게는 각자의 여정에서 마주치는 수많은 도전이 있다. 두루유치원의 유아상은 '스스로 해보는 유아'와 '함께 놀이하는 유아'이다. 이러한 도전들 앞에서 필요한 것은 용기이다. '스스로 해보는 유아'는 실패를 두려워하지 않고 자신의 능력을 믿게 된다. 용기는 단순히 무언가를 감행하는 것이 아니라 자신을 믿고 일단 해보는 것이다.

어느 날, 두루유치원의 보석반에서 숲에서 어렵거나 힘들었던 일에 대해 이야기를 나누었다. 한 어린이가 '나무에 올라가는 일'이 어렵고 힘들었다고 이야기하였다. 이어서 용기를 내서 올라갔다는 이야기를 했다. 선생님이 "용기를 어떻게 낼 수 있었어요?"라고 물었더니 "그냥 용기가 났어요"라고 했다. 그렇다. 용기는 그냥 나는 거다. 용기가 나기 위해서는 함께하는 친구나 선생님이 보내는 응원의 눈빛과 말, 나뭇잎에 이는 바람 같은 것들이 필요하다. 즉, 함께 하는 '무언가'가 필요하다. '스스로'라는 말은 자신만의 의지로 홀로 해내야 한다는 말이 아니다. 자신에 대한 믿음도 함께 하는 '무언가'가 기반이 되어야 한다.

어린이들은 자신만의 방식으로 세상을 탐험하며, 때로는 도전 앞에 주저하고 두려워하지만, 그 속에서 용기를 찾고 성장한다. 그들의 첫 번째 발걸음은 그다음 발걸음을 예고한다. 이러한 경험에서 자신을 알게 되고, 앎은 자신에 대한 믿음으로 이어진다. 그리고 용기로부터 피워낸 자신감은 어린이 내부와 외부 세계가 얽히며 자신의 한계를 넘어 새로운 것으로 나아가도록 한다.

바람이 불어서 떨어질 것 같아

1학기 내내 매일같이 오르락내리락했던 밧줄. 그 끝에는 나무 위 밧줄 쉼터가 있다.
그곳에 아이가 오른다. 아이의 손이 떨린다.
"괜찮아?" "바람이 불어서 떨어질 것 같아."
수없이 오르내리며 마침내 그토록 오르고 싶었던 곳에 닿았다. 아이가 처음 마주한
것은 두려움과 무서움이었지만, 그보다 더 큰 호기심과 용기. 수없이 올랐던 시간이
아이를 그곳에 닿게 했다. 마침내 아이가 웃는다.
"내가 혼자 왔어요."라는 말과 함께….
그 순간 아이가 마주한 '해냄'이라는 단어는 매 순간 아이를 성장시킬 것이다.

30분이 걸려도

"선생님, 못하겠어요."
그렇게 10분.
"선생님, 어려워요."
그렇게 10분.
"선생님, 그래도 할래요."
그렇게 10분.
못하겠어도, 어려워도,
오랜 시간이 걸려도,
너희는 결국 해내는구나.

얼굴이 빨개질 때까지
난 매달리기 1등이에요

아이가 나에게 자랑한다.
얼굴이 빨개질 때까지 난
매달리기 1등이에요!
나는 '내 도전을 통해서 나는
자신감이 생겨요'라고 들린다.

포기하지 않을 거야

"내가 들어줄게. 손 놓지 마."
앙다문 입과 힘껏 쥔 두 주먹에서 느껴지는 동생의 도전을 공감한 형님의
든든한 한마디. "선생님. 포기하지 않을 거예요."

형아 이것 봐
나 성공했어!

형이 알려준 방법대로
매달려보니, 어렵기만 했던
매달리기에 성공해서
한껏 신이 난
동생과 그런 동생이
기특한 형들.
서로를 바라보며 웃는
모습이 닮아있다.

한발 나아간 용기

한발 내디딜 때마다 한 번의 용기가 더 필요했다.
마침내 다다른 곳은 오늘 낼 수 있는 용기의 최대치였다.
내가 할 수 있을 만큼만,
어린이의 입가에 흡족한 미소가 매달렸다.

그저, 특별하게

그저, 특별하게 모험다리를 건넌다.
문제는 그 방법으로 다리를 건너기엔 다리가 너무 짧다는 것이다.
하지만 포기하지 않는다.
그것이 네가 특별한 이유야.

어린이들이 경험하는 기쁨의 순간

감정은 찰나의 순간이지만 삶을 살아가는 데 있어 어쩌면 영원할 정도의 가치를 부여하기도 한다. 어린이들은 배움의 과정 안에서 자연스럽게 감정을 느끼고, 탐색하고, 주고받으며 나와 타인의 다양한 감정을 마주한다. 이 감정은 순간의 깨우침을 가져다주기도, 삶의 커다란 울림을 주기도 할 것이다.

우리는 '기쁨'이라는 감정을 무엇을 통해 알아차릴 수 있을까? 어린이는 기쁨 그 자체를 경험하는 것이지만, 그 순간에 보여주는 눈빛, 표정, 말투, 표현하는 그 어떤 작은 것을 통해서라도 우리는 그들의 기쁨을 공유 받을 수 있다. 그리고 그 기쁨은 개개인의 다양한 배움 안에 존재한다. 처음 내 힘으로 신발을 신게 되었을 때, 친구와 함께 내 키보다 높은 탑을 쌓았을 때, 어려웠던 줄넘기를 연습하여 이단 뛰기를 성공했을 때, 유치원 친구들과 선생님들이 우리 반이 열심히 준비한 공연에 보러 와줬을 때, 청설모가 내가 차려준 도토리 밥상을 맛있게 먹었을 때…. 어린이들이 일상에서 스스로 느낄 수 있는 기쁨은 무궁무진하다. 기쁨은 가족, 친구, 선생님들과 함께 나눌 때 배가 된다.

교사는 매일 어린이의 기쁨과 공명하며 어떻게 그 순간을 함께 하고 있는가? 어린이들이 때로는 천둥보다 큰 환호성으로, 때로는 그저 환하게 웃는 미소로 보여주는 기쁨의 순간을 우리는 의미 있게 바라봐 주고 싶다.

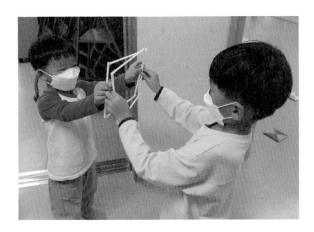

형아랑 똑같아요

형님이 만든 작품을 본 어린이. 순식간에 똑같은 작품을 만들어 온다. 어린이의
관찰력은 어른들이 하는 상상 그 이상. 형님이랑 똑같이 만들어서 어린이는 즐겁다.

아슬아슬 달리기

모험이 가득한 달리기는 온 신경을 내 몸에 집중하게 만든다.

우르르와 꺄르르

친구가 종이컵을 쌓고 있다.
하나를 실수하면 우르르 무너지는 컵 쌓기 놀이
컵이 우르르 무너질 때
우리는 꺄르르 웃음이 난다.
우리는 즐거움을 배우는 중

너의 엉덩이에 풍덩

엉덩이에 그려진 동그란 호수
옷이 젖는 줄도 모르고 푹 빠져버린 너의 놀이
즐겁다. 노는 것이!

내가 여기에
별이랑 달 만들어볼까

어둡고 좁고 높은 곳은
어린이들에게 인기가 많은
공간인 것 아시나요?
우리가 함께 만든 나무집
다락은 불빛으로 달이랑
별을 만들기 딱 좋은 곳이죠.

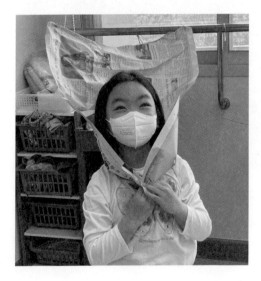

종이와의 만남

일상적으로 쓰고 버리는
종이가 아닌, 찢기고
날아가는 본연의 종이로
만나보자.
어린이를 슈퍼맨으로
만들어주는 요술쟁이 종이는
서서히 우리의 친구가
되어간다.

가위바위보로 정하자

가위바위보는 아이들에게 어떤 의미일까?

그 자체가 놀이가 되어 재미와 즐거움, 기쁨과 좌절의 순간과 마주하기도 하고,

때로는 문제해결의 수단이 되어 또 다른 놀이와 배움의 길을 열어주기도 한다.

오늘의 가위바위보는 문제를 해결하지 못했다.

하지만 함께 하는 과정에서 솟아난 친구를 향한 열린 마음, 스스로 찾아낸 양보라는

방법을 통해 어린이들은 다시 함께 놀이할 수 있게 되었다.

아이들은 그렇게 함께하며 함께 살아가는 방법을 알아나가고 있다.

물감 위의 왈츠

4절 도화지를 12장 붙이면 어떤 일이 나타날까?

혼자 채우기 어려운 큰 도화지와 오색빛깔의 물감으로 서로에 대한 마음의 벽을 허물기 바라는 마음을 담아 어린이들에게 내어주었다.

롤러로 파란색과 검은색 물감을 칠하던 어린이들은 검은빛 하늘에 별을 찍고 싶었는지 노란색 물감과 검은색 물감을 섞었다. 롤러를 도화지에 돌돌 굴려 묻은 검노랑 빛을 손으로 그리고, 자연스럽게 발로도 그렸다. 어린이들이 열중하면서 마르지 않은 물감을 밟았다. 붓과 롤러, 손과 발에 꾸덕꾸덕해지고 미끌거리는 물감을 느끼면서 어린이들은 그 촉감을 즐기듯 몸을 이리저리 움직였다.

"선생님, 물감을 밟는 느낌이 너무 좋아요!"

"우와, 손이 찰흙이 되었네!"

어느새 어린이들은 물감 위에서 자유를 만끽하며 자기만의 왈츠를 추고 있었다.

반짝반짝 작은 별을 부르면서……. 그 모습이 마치 반짝거리는 아름다운 별빛 같다.

여기 너무 편안하고 좋지

"우리 미끄럼틀 위에 올라가 보자"
친구들과 함께 하는 도전은 망설임의 시간을 단축해 준다.
어른들 눈엔 그저 불편해 보이는 장소에서 가장 편안한 웃음을 지어 보이는 어린이들.
"여기 너무 편안하고 좋지?"

완전 폭포다!

모래와 물의 만남은 놀이의 상상력과 재미도 두 배로 만들어준다.
더구나 내가 직접 물의 세기를 조절할 수 있다면?
그 즐거움은 아이의 표정이 말해준다. 우리만의 폭포 세상을 만들어 본 하루.

흙탕물 튀기기의 재미를 알아가는 중

어린이라고 해서 흙탕물이 튀는 것이
마냥 재밌기만 한 일은 아니다.
'혹시나 옷이 더럽혀지면 어쩌지?'
하는 걱정,
'옷이 젖으면 축축하고 불편해질 텐데……'
하는 걱정,
여러 걱정이 앞설 때도 있다.
하지만 한번 해보면 그 재미에
흠뻑 빠질 수 밖에 없다.
재미를 알아간다는 건 참 신나는 과정이다.

내 엉덩이 맞춰보시지!

재밌게 물줄기를 쏘아 올리는 친구 앞에 나타나 날 맞춰보라며 엉덩이를 내미는
어린이들이 여기 있다. 우리가 함께하는 물놀이의 추억이 하나 더 쌓여 간다.

온몸이 미끌미끌

작은 손가락은 진흙 한 움큼
신난 발바닥은 진흙 미끄럼
도착지를 알 수 없는 진흙의 초대에
우리는 그저 진흙이 될 수밖에

2장. 세상

아이가 걷는다. 몇 걸음 뒤에서 아이의 이름을 부르는 또 다른 아이는 작은 개미 한 마리를 아이의 손등 위에 올려놓는다. 꺄르르 간지러운 웃음을 찾아 삼삼오오 모여든 동그란 무리. 그 순간을 담아내는 선생님의 따뜻한 시선 너머로 파란 구름이 인다.

바로 지금, 우리가 살아온 그 모든 순간은 아이들의 세상 그 자체이다. 아이들은 가족, 친구, 유치원, 자연, 세상과 이어져 보고 듣고 만지고 온몸으로 느낀다. 소통하고, 관계 맺고, 호기심 가득한 모습으로 탐색하고, 탐구하고, 시도하고, 실패하고, 몰입하고, 가능성을 발견하고, 알아가는 즐거움과 함께하는 기쁨을 느낀다. 수많은 순간을 경험하며 세상 속에 살아가고 세상과 연결되어 간다.

매일 같이 찾아오는 하루이지만, 아이는 날마다 새로운 세상과 만나며 자기 삶을 가꾸어나간다. 세상을 통해 나를 알게 되고, 그렇게 알게 된 내 모습을 더욱 소중히 여길 수 있다. 그리고 나와 관련된 다양한 타인, 자연, 온 세상과 소통한다. 세상과 연결되어가는 특별한 이 순간, 아이들에게는 무슨 일이 일어날까?

우리가 발견한 가능성에 대한 이야기

어린이들과 함께 하는 것은 끊임없는 희망과 함께 사는 것이다. 무엇이 '되어가는' 과정에 있는 어린이들은 잠재성 그 자체이다. 모든 순간마다 새롭고, 색다르다. 유치원에서의 하루하루는 잠재성을 발견하고 실현하는 과정의 연속이다. 어린이들이 자유롭게 놀이하고 상상하며 탐색하는 과정에서 스스로의 특별함을 발견하기도 한다. 숲에서 우연히 만난 나무, 꽃, 열매는 아이들에게 각각 다른 의미로 다가온다. 그 특별함을 알아가는 것이 어린이들의 배움이다. 모든 배움은 어린이들이 자신이 '될 수 있는 것'을 탐색하는 과정이다. 어린이들이 세상을 경험하는 방식은 단순한 관찰을 넘어선다. 세상과 상호작용하면서 끊임없이 새로운 자신을 만나고, 발견하고, 변화한다. 이 과정에서 어린이들은 자신의 가능성을 실험하고, 도전하고, 시도하고, 실패하고, 성공하며 배운다. 이렇게 어린이들은 무한히 무엇이든 되어간다. 그런 어린이들과 함께한다는 것은 벅찬 '기분들' 속에 있는 것이다.

나무시소

우연한 발견으로 나무는 시소가 된다.
한 명의 도움닫기로 위에 있는 어린이는 시소를 즐길 수 있다.
나도 하고 싶은 마음을 드러내면 순간 아이들 사이에 긴장이 생긴다.
옆에 있던 선생님도 덩달아 긴장하며 아이들을 지켜본다.

그때 유쾌한 목소리의 "죄송합니다!"가 들린다.
한 어린이의 유머로 순간 긴장이 풀리며 부드럽게 넘어간다.
우리는 그렇게 삶의 지혜를 서로 배운다.

동물농장의 생일잔치

누구의 생일인지
알 수 없어
더 기쁜 우리 모두의
생일잔치!

선생님,
어서 와서 밥 먹어요

알록달록 색색의 화려함과
신기한 기능들로 무장한
매력적인 장난감들이
세상엔 너무나 많다. 날
때부터 스마트폰을 쥐고
태어난 아이들, 디지털
원주민이라고도 불리는
지금의 어린이들에게
흙과 돌, 물과 바람,
햇살과 나무, 꽃과 풀……,
우리를 둘러싸고 있는
소중한 생명과의 만남은
어린이들에게 어떤 의미와
흔적을 남길 수 있을지
생각해 볼 수 있었으면 한다.

백산이오빠   유현이오빠

6/14 유현이오빠랑 백산이오빠가
손 잡고 가는 모습

손잡은 친구들의 모습

아이들은 숲 놀이 갈 때 삼삼오오 친구와 손을 잡고 걸어간다. 선생님이 보기에도
다정해 보이고 흐뭇한 모습이라 사진으로 남겼다. 선생님과 같은 시선으로 친구들을
보았던 어린이가 유치원으로 돌아와서 놀이책에 그림으로 남겼다. 선생님과 어린이의
시선이 일치하던 순간. 어느 누가 보기에도 다정해 보이던 그 순간.

멀리 가면 더 큰 게 나와

"우리 산딸기를 찾아보자!"
푸릇푸릇 싱그러운 여름 산에서 보석처럼 빛나는 빠알간 산딸기.
왜 작은 것밖에 없을까?
큰 산딸기를 찾고 싶은데.
산딸기가 너무 예뻐서 사람들이 다 따갔나 봐.
멀리 갔던 친구가 돌아왔다.
"이것 봐! 엄청 크지?"
"어디서 찾았어?"
"저기 멀리 가면 되는데 좀 힘들었어!"
멀리 가면 더 큰 게 나와. 힘든 만큼 더 큰 게 나와.

달리기 유발자

"비닐봉지와 끈만 있다면 복도 어디든 달릴 수 있어."

공기에 부푼 비닐봉지에 긴 끈을 연결하고, 기다란 복도에 서 있다면 달리지 않고는 못 배긴다. 달리기 유발자가 우리를 달리게 만든다. 어쩔 수 없이 달리면서 달리기 유발자를 공중에 띄우고야 만다.

들여다보기 기다려주기

길을 가다 보면, 어린이들이 가던 길을 멈추고 바닥을 유심히 들여다볼 때가 많다. 그곳에는 작은 벌레가 있을 때도 있고, 떨어진 열매가 있을 때도 있다.

어른의 눈에는 작고 사소한 것들이지만 어린이의 눈에는 모든 것이 신기한 것들이다. 세상에 태어난 지 길면 5년이 된 아이들에게 이 세상은 얼마나 신기하고 찬란한 것투성이일까? 이 순간만큼은 잠시라도 어린이들을 재촉하지 않고 기다려주고 싶다.

숲 놀이터에서 해먹에 눕는 즐거움

"선생님 해먹에 누우면 뭐가 좋은지 알아요?"
"음. 누워있으니 편해서 좋은가?"
"아니요. 누워서 하늘 보는 게
 진짜 진짜 좋은 거예요."

비밀의 미끄럼틀

미끄럼틀 안,
비밀을 나누기에 완벽한 곳이다.
여기서 비밀은 쉽게 미끄러져
나가고, 우리도 마찬가지다.
비밀을 지키기 위해 온몸에
힘을 주고, 굳건히 버티는 우리.
우리의 비밀도 그만큼 단단하게
지켜진다. 하지만 비밀과 함께
우리가 미끄러지면,
웃음이 저절로 터져 나온다.

언니가 알려줄게

"이름 쓰는 거 알려줄까? 내 이름이랑 똑같은 '김'이 들어가네~."

이것 봐

얼굴에 그림을 그린다. 검은색 코와 수염을 그린다. 비로소 고양이가 되었다. 물로
지우면 다시 내가 된다. 이번에는 매우 조심스럽게 검은색 코와 수염을 그린다. 윗
입술과 아랫입술이 저절로 벌어지면 이제 코는 완성이다.
"이것 봐."
옆에서 같은 방법으로 고양이가 되었다가 지웠다가 하는 친구와 희희낙락하는 표
정들 사이로 정교한 삶의 방식을 배운다.

제천 나들이

새로운 공간은 새로운 경험을 불러일으킨다.
온 마을이 어린이들의 놀이터이다.
어린이들은 넓고 긴 제천을 어떤 시선으로 바라볼까?
그리고 어린이들을 바라보는 마을 사람들의 시선은 어떠할까?

작고 예쁜 손안에 더 작고 예쁜 열매 하나

작고 예쁜 손안에 더 작고 예쁜 열매 하나
나뭇잎 사이사이 내려오는 햇볕 아래
아이의 작고 예쁜 손
오목하게 모은 그 손안에는
아이가 소중하게 담아 온 작은 열매 하나
"선생님 이것 좀 보세요. 진짜 예쁜 열매예요."
심장이 간질간질해지는 봄, 숲의 모습이다.

빛은 빛을 만든다

그림자놀이에 필요한 빛,
그리고 그 빛 속에서 피어오르는 어린이들의 즐거운 웃음에서
또 다른 밝음이 만들어진다.
즐거움이 만들어내는 밝음이다.
즐거움은 단순한 감정이 아니라, 우리를 하나로 묶어주는 따뜻한 빛이다.

세상과 이어주는 호기심

어린이들에게 호기심은 복합적인 감정의 영역에 걸쳐져 있다. 단순히 무엇에 대해 궁금하거나 알고자 하는 욕구가 아니라 기쁨, 놀라움, 흥미 같은 다양한 감정을 수반한다.

어린이들은 자연스럽게 질문을 던진다. 무엇을 발견할 때 "왜?"라고 묻는다. 어린이들과 함께 살고 있는 사람들이라면 "왜"라는 질문의 수렁에 빠져봤을 것이다. 이러한 질문은 단순한 궁금증을 넘어서 세상에 대한 이해를 위한 것이다. 어린이들의 눈에 비친 세상은 새롭고 낯선 것투성이며, 호기심은 그런 세상에서 자신만의 배움을 찾아가는 데 필요하다. "왜?"라는 질문에서부터 시작하는 호기심은 아이들 스스로 문제를 발견하도록 하고 그 문제를 해결하도록 한다.

"가을에는 왜 나뭇잎이 떨어질까요?"

"지렁이는 왜 비가 오는 날에 나타나지요?"

"달리기를 하면 왜 숨이 차는 거예요?"

어린이들의 호기심은 세상과 관계 맺기 위한 역할을 한다. 주변 환경, 사람들, 사물들과의 상호작용을 위한 첫 걸음이 호기심이다. 우리가 매일 목격하는 어린이들의 호기심은 마치 마법사의 지팡이처럼, 지렁이, 벌레, 나뭇잎 등 일상적인 것들을 특별한 것으로 변화시킨다. 이 지팡이를 휘두를 때마다 어린이들의 세계는 새로운 색채와 형태로 채워진다. 어린이들은 혼자만의 호기심을 탐험하는 것이 아니라, 친구들과 함께 호기심의 길을 개척해 나간다. 이 여정은 단순한 발견이 아닌 함께 배우고 성장하는 과정이다.

"저기 하트모양 구름이다!"

한 아이가 말하자, 다른 아이들도 하늘을 올려다본다. 그들은 함께 상상의 날개를 펼쳐 구름이 만들어낸 동물이나 다른 이야기들을 찾아간다. 이 순간, 호기심은 단순한 발견이나 일시적인 감정이 아니라, 공동의 상상력과 창의력의 촉매제가 된다.

놀이터에서, 한 아이가 "이 모래를 끝까지 파면 뭐가 나올까?"라고 한다. 곧이어, 친구들과 모래를 파며 숨겨진 보물을 찾는다. 그들은 함께 웃고, 묻고, 탐험하며 세상을 배운다.

땅속 세상이 궁금해

만남

숲으로 가는 길은 보물창고다.

한걸음 디딜 때마다 풀잎 하나, 열매 하나, 스치는 바람까지 마음을 붙잡
아 앞으로 나아가기가 어렵다. 꿈틀꿈틀 지렁이를 만났을 때는 더더욱!

"나도 같이 보자~."

꿀벌 두 마리가 모여 있어요

바닥에 뭐가 있었을까? 두 어린이가 머리를 맞대고 나누는 이야기가 궁금해지는 모습이다.

모든 곳이 도화지

벌레가 왔다

숲으로 가는 길에 마주친 작은 벌레. 벌레가 우리에게 왔다.
반가워, 너는 어디에서 왔니?

으름과의 첫 만남

대화의 희열

친구와 모여 대화를 나눈다. 작고 사소한 이야기에도 웃음이 터져 나온다.
이날의 대화 주제는 '꿀 아이스크림에 무엇을 넣을까?'였다.

어린이의 마음 속 우주

어린이의 상상력은 무한한 우주를 닮았다. 그들의 마음은 쉼 없이 펼쳐지고 거기에는 끝없는 가능성이 존재한다. 아이가 걸음을 내딛는 그 순간부터 그들의 상상력은 깊은 바다와 같이 풍부하고 다양한 모험으로 가득 차 있다. 어린이들은 상상을 통해 현재를 넘어서고 그들만의 세계를 창조한다. 작은 개미 한 마리가 어린이의 손 위에서 걸어가는 것은 단순한 사건이 아니다. 어린이들에게 그것은 작은 개미의 숲 속 모험의 이야기일수도, 개미 세계의 흥미진진한 이야기의 서막일 수도 있다. 이러한 순간들이 모여 우주같이 넓은 마음속 이야기로 펼쳐진다.

어린이들은 숲, 나무, 작은 벌레, 바람, 친구들 사이에서 상상력의 씨앗을 발아한다. 보고, 듣고, 만지고, 느끼고, 경험하는 이 모든 것이 상상력이 시작되는 씨앗이다. 이 씨앗들은 어린이들이 만나는 것들 사이에서 자라난다. 어린이들은 자신만의 방식으로 세상을 해석하고 새로운 것을 탐색하며, 자신만의 이야기를 만들어 나간다. 어린이들의 상상력은 세상을 바라보는 자기만의 맥락과 이야기를 비춘다. 상상력은 그들이 경험한 것과 생각한 것을 재생산하고, 현실의 새로운 가능성을 보여준다. 이것이 어린이들이 세상과 이어진 방식이다. 어린이들의 마음속 광활한 우주는 매일의 새로운 모험과 서사로 가득하다.

어린이의 상상은 거짓말이나 환상이 아니라 어린이의 세계를 번역한 새로운 언어이다. 어린이들은 넓은 상상의 세계에서 새로운 세상과 만나고 연결된다. 어린이가 하는 모든 상상은 아이들의 마음속에 존재하는 놀라운 세계이다.

물고기는 존재한다

"여기 물고기가 있어!"

물고기가 살고 있다고 믿는 아이들의 눈에는 정말 물고기가 보인다. 그 물고기는 끝내 잡히지 않지만 낚시하기를 포기할 수 없다. 물고기가 없는 개울에서 계속 낚시질을 한다. 비록 물고기는 잡지 못해도 아이들은 끝나지 않는 시도를 하고, 그 시도는 우리에게 무엇인가 가르쳐 준다.

징검다리 놀이

돗자리를 펼치자
새로운 놀이 공간이 생겨났다.
공간은 아이들을
또 다른 놀이의 세계로 이끈다.
"토끼처럼!" "티라노처럼!"
"거북이처럼!"
다양한 모습의 나로 펼쳐지는
폴짝폴짝 징검다리 놀이!

상상의 세계가 열렸다

비가 내린 다음 날 숲놀이. 나무에 생긴 작은 구멍에 비가 고여있고,
이 작은 물웅덩이는 아이들에게 상상의 세계를 열어주었다.

저 하늘 위엔

저 하늘 위엔 무엇이 있을까?
구름, 새, 비행기, 우주, 별, 달, 해,
그리고
나.

소라게

아이들에게 상자는 무엇이든 될 수 있다!

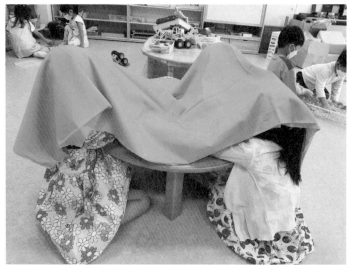

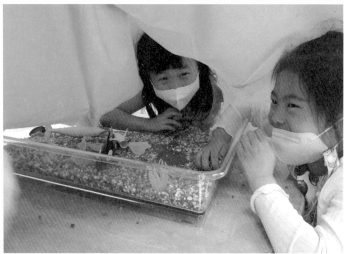

바닷속에서 놀기

교실은 다양한 세계로 변한다. 파란 천을 덮으면 그곳은 바닷속 된다.

고래가 나올지도 몰라

"이 땅을 파보자. 계속 땅을 파다 보면 고래가 나올지도 몰라."
어린이는 자기 세계로 친구들을 초대했다. 이 초대의 의미는 무엇이었을까?
땅을 아주 깊이깊이 판다면 거기엔 고래가 살고 있을지도 모른다는 말은 각자 자기
안에 있는 희망을 일깨운다. 땅을 파면서 땅속에 있을지 모르는 보물을, 지렁이를,
뜨거운 용암을 소망하기도 한다. 무엇일지 모르는 무엇을 한다.

타잔처럼 날아보자

버드나무 줄기를 손에 쥐면
이쪽 돌에서 저쪽 돌로 뛰는 것도 마치 타잔이 된 것처럼 느껴지며 상상력이 커진다.

오늘의 시민

우리는 어린이들을 순진무구하고 천진난만하다는 이미지로 가두고 있진 않을까? 어린이들이 세상과 소통하고 자신의 삶을 살아가는 모습은 약하고, 천진난만하고 순진무구하다는 단어로 표현되지 않는다. 어린이들은 스스로 세상과의 관계 속에서 자기의 자리를 찾는다. 매일 새로운 것들을 발견하고, 배우고, 새로운 경험을 하며 자신의 삶을 만들어간다.

어린이들은 세상의 일부분으로서 자신의 목소리를 내고, 자기다운 삶을 살아간다. 어린이들은 자신이 속해있는 세상과의 관계를 통해 자아를 발견하고 자신만의 길을 찾아갈 수 있다.

어린이들은 시민이다. 우리 사회의 중요한 구성원으로서 권리를 가지고 있다. 자신의 경험과 관점을 통해 세상을 바라보고, 이를 통해 우리 사회가 더 나은 방향으로 나아가는 데 기여할 수 있다. 우리는 어린이들을 단순히 미래의 성인으로 보는 것이 아니라, 현재의 시민으로 인정하고 존중해야 한다. 그들의 목소리에 귀 기울이고, 그들의 권리를 존중하며, 그들과 함께 성장하고 발전하는 사회를 만들어 나가야 한다.

빛과의 만남

창문으로 들어온 햇빛이 리본 핀에 반사된 모습을 우연히 발견하게 된 날.
춤을 추는 반딧불이 같다며 이리저리 핀을 움직여보고, 손으로 빛을 따라가 보기도
한다. 반짝이는 원피스를 입고 온 친구가 구경을 왔다가 가까이 보기 위해 햇빛이
있는 곳으로 다가간 순간, 아이들의 눈앞은 빛으로 가득했고, 우리는 그 순간에
매료되었다.

같은 방향으로

아무 이유 없이 우린 같은 방향으로
어쩌다 우린 같은 방향으로 나아가는 중
멈췄다가 또 나아가는 중

지금 우리 세상은 그렇게 같은 방향으로
그렇게 같은 방향으로

잠자리

전지적 관찰자 시점

이것은 안과 밖의 이야기이다.
안에서는 밖을 관찰한다.
안에서는 밖을 관찰하느라
온 정신을 쏟고,
자신의 기대와 마음을 종용한다.
그리고 안의 마음은 밖의 마음을
움직인다. 안과 밖은
시선과 끈과 말로
연결되어 있기 때문이다.

안과 밖의 만남

창문을 통해 이루어지는 바깥세상과의 연결.
"초등학교 형아들은 뭘 하면서 놀까?"
"어? 저 형 내 형 친구야."
"저 사람은 왜 이리 키가 커?"
한참을 구경하며 재잘대다가도 마무리는 항상,
"선생님 우리도 밖에 나가서 놀자요!"

아기 새야 잘 지내고 있니

숲과 함께 살아가며 마주한 경이롭고 신비로운 만남

우연히 만난 아기새

숲에서 무심코 지나가다 만난 작고 소중한 생명.
우연히 만났을 뿐인데, 아이의 마음은 늘 꼬물거리는 둥지에 머물러 있다.
뜻하지 않게 아기새를 만난 행운이 아이의 마음과 만나 생명의 경이로움을 동반한
행복으로 번져간다.

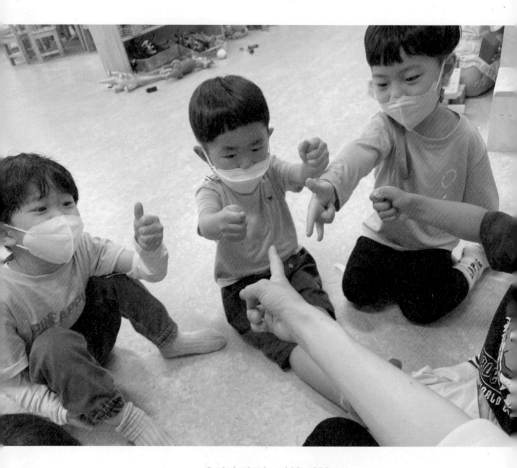

우리가 만드는 가위! 바위! 보!

누군가를 이겨서 내가 하고 싶은 것을 해내기 위한 가위바위보가 있지만,
아무런 목적 없이 우리끼리 즐겁게 가위바위보 놀이를 할 때도 있다.
"주먹을 누르면 폭탄이 빵 터져요!"
"손가락 세 개는 가위도 되고 보자기도 된다고요!"
우리가 만드는 가위바위보는 이기고 지는 것과는 상관없이, 친구와 눈을 맞추고
함께 웃으며 친밀함을 느끼게 한다. 그래서 모두가 그저 즐겁다.

우리는 친구야

고운동 지킴이

같이 탈래요?

두루유치원이 처음인 어린이들.
낯선 곳에 적응하며 살아가기를 힘쓰는 모든 어린이를 응원한다.
선생님과 유치원과 친구들에게 사랑과 애정을 주는 어린이들이 고맙다.

포근한 숲속, 하늘을 바라보다

반짝반짝

"물이 반짝거려요! 보석이에요!"
햇빛에 비쳐 물이 반짝거린다.
보석을 찾았다는 아이들의 모습도 선생님의 눈에는 반짝거려 보인다.
놀이 속에서 자연과 마을은 아이들에게 보석이 된다.
반짝거리는 세상과 반짝거리는 아이들이 모여 반짝반짝.

◀맨발의 감촉

반짝이던 봄날의 어느 날

"선생님, 여기서 예쁜 눈 내렸었죠! 다음에 또 눈 내려주세요!"
봄이 움트던 4월의 어느 날, 우리가 함께 맞은 향긋한 봄눈의 추억.

우리의 추억을 기억하는 법

기차여행을 사진으로 담았다.
사진을 기록장에 담는다.
그 모습이 교사의 눈에 담긴다.

숲속에 사는 나의 친구들

자연물로 만든 숲속 친구들. 나뭇잎 머리, 도토리 눈, 밤 귀, 나뭇가지 옷, 솔잎 치마…. 숲이 나누어 주는 소중한 선물로 아이들은 친구를 만들어 다시 숲에 선물해 준다.

3장. 우리

배움에 이르는 여정은 결국 '나다움'을 찾는 것이다. 나다움에 대해 이해하는 것은 우리다움에 대한 이해와 맞닿아 있다. 우리는 누구인가? '우리'에 대한 생각에 이르는 여정에서 '나'를 찾아가고 새로이 '우리'에 대한 정의를 만들어간다.

카메라로 '우리'의 모습을 찍었지만 한 어린이의 존재가 그 속에서 반짝거리고 있는 것을 발견한다. 공동체 안에서 빛나는 개별성을 발견한다. 함께 한다는 것은 아이들이 나와 다른 대상에 자신을 투영시키고 다른 사람들과의 관계 속에서 자신을 이해하는 것이다. 우리는 아이들이 자신의 존재를 찾아가는 여정에 함께하고 싶다. 또 아이들이 찾은 존재를 있는 그대로 존중해주려 한다.

자신에 대한 이해는 다른 사람과의 만남과 대화를 통해 전진하고 더 공고히 자신을 구축해간다. 이들이 모여 총합을 넘는 새로운 공동체가 발생한다. 유치원은 아이들이 가족이 아닌 존재를 만나 '우리'라는 개념을 처음 시작할 수 있는 공간이며, 처음 만나는 공동체이다. 우리는 유치원에서 만나 각자 빛나게 된 아이들이 함께 만들어가는 공동체의 문화를 지지하고 기대한다.

결국 이 사진들을 통해 우리의 '있음'에 대해 이야기하고자 한다. '있다'라는 것은 존재에 대한 것이다. '우리'와 '나와 너'는 서로 영향을 주며 존재하고 있다. 나를 제외한 우리는 존재하지 않고 우리를 제외한 나는 의미가 없다. 지금 두루유치원 우리는 어떤 모습으로 존재하고 있는가? 그리고 또 어떤 모습으로 존재하게 될까?

마침내, 우리!

우리가 되는 것은 쉽지 않다. 어린이들도 처음부터 친구와 어깨동무를 하거나 손을 잡을 수는 없다. 그러나 어린이들 사이에는 특별한 순간이 찾아온다. 그것은 바로 '우리'가 되는 순간이다.

블록으로 집을 짓는 아이들은 서로의 아이디어를 공유하고 협력한다. 그러다가 블록으로 만든 집이 무너지기도 한다. 어린이들은 꺄르르 웃는다. 그러자 한 어린이가 집을 완전히 무너뜨린다. 그리고 다시 무너진 집과는 다른 새로운 집을 짓는다. 이러한 과정에서 어린이들은 서로의 차이를 이해하고 함께 문제를 해결하는 방법을 배운다. 뒤처진 친구를 기다려준다. 어린이들에게 이런 기다림은 쉬운 일이 아니다. 그러나 함께 가기 위해 힘든 시간을 견뎌낸다. 기다림은 단순히 시간의 지연을 넘어서 친구에 대한 배려와 존중이다. 어린이들은 서로를 존중하고 함께 성장하는 공동체 안에서 자신을 발견하게 된다.

갈등 중에도 우리가 되는 순간이 있다. 서로 다투는 일이 생겨도, 결국 서로를 이해하게 된다. 친구의 눈물을 닦아주고, 서로 사과하며, 다시 손을 잡는 것. 이것이 바로 우리가 되어가는 과정이다. '우리'는 서로의 차이를 발견하기도 하고, 서로의 닮은꼴이 되어가기도 한다. 닮았거나 다른 우리가 공동체로 성장하는 것은 퍼즐 조각이 맞춰져 가는 것과 같다. 처음에는 다른 모양과 색깔의 조각들로 흩어져 있지만, 각 조각은 서서히 제자리를 찾아간다. 어린이들도 서로를 이해하고 받아들이며, 함께 성장하고, 마침내 우리가 된다.

어서 와 기다리고 있어

달리기는 아이들에게 승부욕으로 가득 채워지는 놀이이다.
"어서 와. 기다리고 있어!"
어서 출발하고 싶은 마음을 꾹 참은 채 천천히 걸어오는 동생을 기다리는 어린이들이
대견하다. '우리'가 함께 살아가는 방법을 배워가는 어린이의 순간에 함께 해보자.

우리가 늦게 오는 이유

매번 숲에 가지만 유독 늦게 오는 어린이들이 있다. 항상 선생님은 앞에 있느라
몰랐다. 사진을 보니 너희들이 늦게 오는 그 시간들도 참 소중했구나.

마음의 온도

장난감 한 개
어린이 두 명
높아지는 목소리.

"내가 먼저 쓰던 거야!"
"나도 필요해!"

마음의 온도 영하 -40도.
둘 사이 차디찬 바람이 분다.
우정의 빙하기.

둘 사이에
대화라는 따뜻한 바람이 분다.
"그럼 너 다 쓰고 나 줘."
"알겠어. 그럼 같이 놀까?"
마음의 온도 영상 23도
마음이 사르르 녹았다
봄날의 햇살 같은 따뜻함.

우리의 싸움을 기념하며
"잘 싸웠다!"
"선생님 우리끼리 얘기 나누고 잘
싸웠어요!"

잘 싸운 것을 기념하며
우리의 일상을 흔적으로 남기자.

기쁠 땐 나도 모르게 점프를 뛰게 돼

커다란 도서관을 서성이다 마주친
우리 반 친구!
만나면 그저 기쁘다.
기쁠 땐 나도 모르게
점프를 뛰게 된다.

너네 뭐하니

"너네 뭐하니?"
"……."
"뭐 하는데?"
"……쉿! 벌레가 나오려고 한단 말이야."
"너는 뭐 하는데?"
"……나는 도토리 껍질 까고 있어."

우리는 모여있지만
따로 생각하고 놀이한다.
그래도 우리야.

도와줘서 고마워

산책을 나갈 때마다 너도 나도 선생님 대신
끌어주겠다는 따뜻한 마음,
도와줘서 고마워.

내가 빌려줄게

함께 놀고 싶어 친구들의 놀이를
지켜볼 때가 있었다.
"같이 놀자"라는 말이 어려울 때가
있었다.
"내가 빌려줄게"라는 배려 섞인 너의
마음이 마법 같이 다가온다.
그렇게 친구가 되었다.

우리가 되는 순간

모두가 좋아하는 우리 반 놀이, 무궁화 꽃이 피었습니다!
이 순간 우리는 우리가 된다.

교실은 우리 집

책상은 지붕
의자는 대문
인형은 베개
교실은 우리 집

1년 동안 다양하게 살아가는 우리 집.
이 시간 동안 따뜻하고 행복하게 살아가자.
그리고 그 따스함이 마음 깊이 기억되길.

내 손을 잡아

먼저 언덕을 올라온 언니. 뒤이어 올라오는 동생을 보더니 자연스럽게 내밀던 손.
아이의 온 신경이 동생에게 향해있고, 동생은 그 응원을 받고
성큼성큼 용기를 가지고 한 발 더 내딛는다.

연필심 끝에 닮은 이야기

연필심이 닮을수록 아이들의 이야기는 길어진다.
그 연필들이 마주 보고 있으면 서로 닮는다.
일과의 놀이 기록은 물리적인 거리만큼 닮는다.
그것은 모방이 아니라 자기다움 속 닮은꼴이다.

우리가 재웠어요, 진짜로!

아직은 서로가 어색한 3월
점심을 먹고 나른해진 5살 동생을 위해 기꺼이 침대가 되어준 언니들.
토닥토닥 토닥이는 조심스러운 손과 쿠션 위에 단단히 올려놓은 발,
뿌듯한 언니들의 표정과 세상 편안하게 잠든 동생의 얼굴.
함께 살아간다는 건 이런 작은 순간들이 모이는 것 아닐까?

조금만 더

때로는 친구의 도전이 나의 도전이 되는 시간이 있다.
철봉에 닿기 위해 있는 힘껏 손을 뻗는 아이와
밑에서 친구를 들어주는 아이 모두 스스로 힘을 내며,
서로에게 힘을 주며, 몸과 마음을 다해본다.

있음 탐구생활

'내가 여기에 있다', '교실에 공이 있다', '나는 친구가 있다'. '있다'는 것은 단순히 물리적으로 어딘가에 위치하는 것만을 말하진 않는다. '있다'는 것은 세계와 관계를 맺고 자신이 어떻게 이해하고 경험하는지에 대한 것이다. 이는 존재 방식을 의미한다. 물리적으로 존재하는 것을 넘어서 나의 존재가 있음을 알고, 세계와의 관계 속에서 의미를 찾아가는 과정이다. 내가 존재한다는 것은 나에 대해 책임감을 갖는 것이다. 자신의 선택과 행동이 자신의 삶을 형성하고, 그에 따른 책임이 있음을 인식하고 받아들여야 한다. 책임감은 어린이의 배움에서 중요한 부분이다. 우리는 자신의 삶, 나아가 다른 사람의 삶이 내가 하는 결정과 선택들로 이루어진다는 것을 받아들이고, 결단의 순간을 갖는다. 그 '결단할 수 있음'이 곧 '있음'이다. 그래서 있음은 책임과 연결된다. 교사로서 '있음'은 교사의 책임을 뜻한다. 책임은 자신의 행동, 선택, 그리고 그 결과에 대해 의식적으로 인식하고 그에 따라 행동하는 것을 의미한다. 우리는 스스로의 결정과 선택에 대한 책임을 인식하고, 자신의 삶을 긍정적으로 형성해 나가야 한다.

'있음'은 알아차리는 것이다. 자신의 존재를 인식하게 되는 순간은 무대 위 조명이 켜지는 것처럼 어둠 속에 있던 것들이 선명하게 드러난다. 이 순간은 우리가 자신의 내면을 들여다보고 자신의 생각과 감정 욕구를 알아차리기 시작하는 시점이다. 우리는 자신의 존재를 인식함으로써 스스로 누군지, 어떤 가치를 지니고 있는지, 삶이 어떤 의미를 가지는지를 이해하게 된다. 자기 인식은 우리의 행동, 결정, 삶의 방향에 영향을 미친다. 우리는 자신의 존재를 알아차림으로써 삶의 각 순간에 더욱 깊이 참여하고, 자신의 삶을 의미 있고 충실하게 만들어 갈 수 있다. 결국 존재한다는 것은 자신과 타인에 대한 깊은 이해와 책임감을 포함한다. 우리는 매 순간 결정을 내리며, 그 결정으로 우리의 삶과 다른 사람의 삶을 씨실과 날실로 엮어간다. 존재의 의미를 깊이 이해하고 그에 따른 책임을 인식하는 것은 모든 사람에게 중요한 과제이다.

꽃과 너

아이들은 항상 보이지도 않는 작은 꽃들을 찾아온다. 그 작은 꽃들이 아이 본인 같을 때가 있다. 나는 선생님으로서 교실에서 어린이를 뭉뚱그려 '보석숲반 아무개'로 보지 않고, 온전하고 존엄 가득한 너 하나로 보려고 다짐한다. 넓은 숲 가운데 작은 꽃 하나를 가장 귀하게 여기는 아이들처럼.

꽃과 같은 아이들

손에 꽃을 들고 꽃처럼 예쁘게 웃는다.

"선생님 여기 꽃이 있어요."

손에 들린 게 꽃일까
웃고 있는 아이가 꽃일까

동그란 얼굴을 감싸는 큰 손
"꽃이 여기도 있네!"

동그란 얼굴을 감싸는 작은 손 꽃받침이 된다.

어느 시인은 자세히 보아야 예쁘고 오래 보아야 사랑스럽다고 했던가

너도 그렇다.

모래 놀이터

모래와 물, 그리고 친구들이 있다면 어느새 모래놀이터는 우리만의 새로운 세상이 된다.
이 순간만큼은 그 어떤 도움도, 조언도 필요없다.
왜냐하면 언제나 우리가 있는 곳에는 배움과 몰입, 희열이 존재하기 때문이다.

깜짝 놀랄만한 사건

"이걸 쓰고 나타나, 친구들을 깜짝 놀라게 해줄 거예요."
어느 날 갑자기 우리 교실에 외계인이 나타났다. 이건 깜짝 놀랄만한 사건이었다.
외계인은 친구들이 놀아주지 않아서 외롭기도 했다.
그러나 씩씩하게 잘 지내기로 마음먹었다. 친구들에게 편지를 쓰기로 했다.
그러나 외계인은 결국 쓰러지고 말았다. 이건 정말 깜짝 놀랄만한 사건이었다.
이것은 깜짝 놀랄만한 어린이의 서사이다.

넌 나의 천사야

"이제 너는 천사야."
비눗방울 채를 친구의 머리
위에 갖다 대며 말하자,
천사라는 단어에 어린이들은
활짝 웃음을 보인다. 누군가를
순수하게 좋아하는 마음을
담아 한순간에 천사로 만드는
마법.
너희들이 나에겐 어여쁜
천사들이야.

너만 보인단 말이야

아무리 멀리 있어도 웃는 얼굴이 보인다.
아이의 웃음은 주변 사람이 주목하게 하는 힘이 있다.

나를 웃게 하는 너

눈빛만 봐도

그냥 웃겨서.
그냥 신나서.
그냥 좋아서.

너무 귀여워

동생을 바라보는 사랑스러운 저 눈빛!

맞잡은 손의 온기

너도 나도 스스로 도는 힘을 위하여

쓰러진 통나무를 넘는 어린이가 길을 이끌어 주고 있는 것 같지만, 통나무를 넘는 순간 뒤에 있는 친구의 손을 붙잡고 의지한다. 이끄는 이와 따르는 이의 경계가 없다. 관계도 이끄는 이와 따르는 이로 구분되지 않는다. 너도 나도 스스로 도는 힘을 위하여 서로에게 기대야 한다.

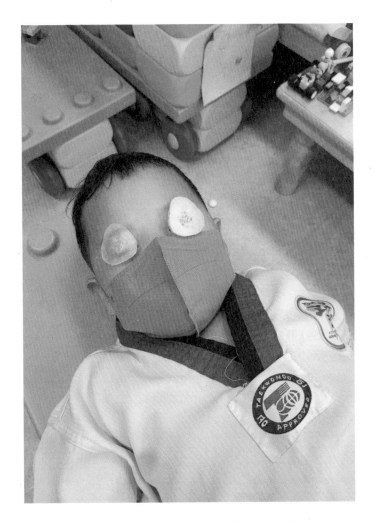

오이 팩은 이렇게 하는 거예요(mr. 오이씨)

오이씨는 사진의 어린이가 직접 붙인 사진 이름이다. 푸른바다반이 선물해준
오이 팩으로 우리 반은 또 재미있는 놀이가 시작된다. 그게 우리가 관계를
맺으며 살아가는 방식이다. 우리는 두루유치원이다.

저 혼자 할 수 있다고요!

'나 혼자서도 이 정도는 올라갈 수 있는데 왜 자꾸 도와주지?'
부모님들이 숲 놀이터에 놀이 친구로 오면 생길 수 있는 일.

이번 이야기

타인의 따뜻한 지지와 경청이 닿으면 유능해진다.
두 친구는 진지하고 세심하게 귀 기울이며 이번 이야기의 첫 번째 독자가 된다.
화자의 이야기를 더욱 특별하게 만든다.
각자의 마음이 얽히며 세계가 만들어진다.

우리라서 좋은 우리

즐거움은 우리 내면에 잠재된 가능성을 깨우는 힘을 가지고 있다. 이는 단순한 기쁨이 아니라, 삶의 깊이를 더해주는 경험이 됩된다. 즐거움은 우리가 일상에서 마주치는 순간들에 색채를 더하고, 존재의 무게를 가볍게 만들어 준다.

이러한 즐거움을 타인과 공유할 때 더욱 특별하다. 함께 웃고, 기쁨을 함께 나누는 경험은 단순한 행복을 넘어, 우리 삶에 근본적인 의미와 목적을 부여한다. 이는 우리가 사회적 존재로서 어떻게 서로 연결되어 있는지, 그리고 그 연결 속에서 얼마나 큰 힘을 발휘할 수 있는지를 상기시켜 준다.

공유된 즐거움은 단순히 개인의 기쁨을 넘어서, 공동체의 결속력을 만든다. 언어와 문화의 차이를 초월하는, 우리 모두가 공감할 수 있는 보편적인 언어이다. 함께 웃음을 나누는 것은 우리를 하나로 만들며, 이해와 공감의 다리를 놓는 일이다.

이런 맥락에서 볼 때, 즐거움은 단순한 감정 이상의 것이다. 그것은 우리의 삶을 의미 있게 만드는 강력한 도구이며, 우리가 세상을 긍정적으로 보고, 매일을 가치 있게 만들 수 있게 돕는다. 함께하는 즐거움은 우리의 삶을 더욱 아름답고 의미있게 만든다. 우리가 세상을 더욱 희망적으로 보게 하며 삶을 행복하게 지지한다. 매일을 특별하게 만들어준다.

지금, 여기, 이 순간 우리

가을의 시작 무렵, 나는 아이들의 뒷모습에서 "우리"를 찾았다.
나란히 손을 얹은 어깨에 "친구"라는 두 글자가 써 있는 듯 하다.

싱그러운 숲요정들의 아침 모임

여름…… 나뭇잎…… 하늘…… 그 싱그러움 속에 푹 빠진 아이들
높이 올라가지 않고도 나뭇잎과 함께 사진 찍는 방법을 알게 되었고
위에서 내려다보는 나와 친구의 표정이 재밌는 것도 알게 되었다.

모두 다 꽃이야

무궁화 꽃이 피었습니다

날 언제 칠까?
기대하며 뒤돌아 짓는 표정은
사실은 너를 향한 표정

난 너의 장꾸

어린이의 눈빛에는 저마다의 이야기와 감정이 담겨있다.

놀이에 흠뻑 빠져 집중하는 눈빛, 친구랑 다퉈 속상한 눈빛, 귀여운 무당벌레를
바라보는 호기심 가득한 눈빛 등 눈빛만 보아도 어린이들의 솔직한 마음의 소리가
귓가에 들리는 것 같아 나도 모르게 흐뭇한 미소가 지어진다.

그렇게 각자의 빛나는 눈이 자연스럽게 서로를 향한다.
그 예쁜 눈은 장난기 가득한 웃음을 띠며 친구에게 말하고 있다.

"난 네가 정말 정말 좋아!"

서로를 담다

선생님의 카메라로, 어린이의 카메라로 서로를 정성스럽게 담는다.

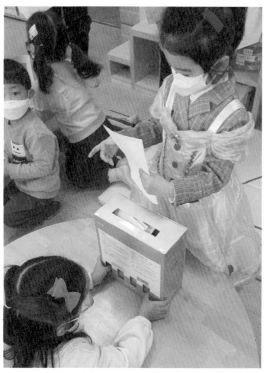

함께 만들어가는 우리 반

모두가 주인공이 되어 주체적으로 우리 반을 만들어가는 순간을 담았다.

퐁당퐁당

공원에 있는 개울가로 한 어린이가 들어간다.
그 뒤를 따라 들어가며 함께 개울을 건넌다. 즐거운 건 같이 하고 싶은 마음.

겨울, 우리

새하얀 눈처럼
맑고 투명해서
고이 담아두고 싶은
그때의 겨울,
그때의 우리.

조금씩 살살 부어 봐 살살

"살살, 천천히 부어 봐."
"조금씩 부어야 해. 살살"
누구 하나 성급하게 보채지 않고
한마음으로 기다려주며 조용히 쏟아지는 물을 응시한다.

같이의 가치

우리 반 친구들이 모두 함께 큰 종이에 꾸미고 있는 것은
"우리 반에 놀러 와" 현수막.
함께 완성해서 더 의미가 있다.

든든한 척척박사 선생님

4월, 아이들이 두루유치원 바깥 놀이터에 예쁜 꽃을 심어보고 싶다고 온다. 꽃을
잘 키우지 못하는 선생님은 곤란하다. 그때 선생님도, 아이들도 떠올린 사람은
두루유치원 든든한 척척박사 선생님! 척척박사 선생님이신 주무관님의 도움으로
올해 4월 예쁜 꽃들을 심고 키워본다. 두루유치원 공동체의 힘 덕분에 오늘도
아이들은 자신들의 놀이를 실현해간다. 1학기를 마무리하며 아이들이 고마운
사람을 이야기할 때 척척박사 선생님은 언제나 1등이시다.

◀짝꿍

무거운데 가볍고 함께하는데 행복해

"도와줘!" "으쌰으쌰." "저쪽으로 옮겨!"
무거운 것을 함께 옮기는 것도 놀이가 되고, 즐겁고 행복한 기억이 된다. 그리고 우리가
함께 무거운 나무를 옮긴 것, 결국 해낸 것, 협동의 즐거움을 마음속에 담는다.

물 만난 물고기들

뜨거운 여름날, 바깥 놀이터를 나가면 늘 모래 놀이터로 달려가는 어린이들이 있다.
어린이들은 물을 가능한 세게 틀고, 우리 반 너희 반 할 것 없이 함께 논다.
물과 모래를 실어 나르던 수레는 어느새 의자가 된다.
너무나도 즐겁고 행복한 표정이다! 마치 물 만난 물고기들처럼.
첨벙첨벙, 쏴아아아…….
이 순간을 담아두고 싶어 카메라를 켠다.
"얘들아 여기 봐봐~ 사진 찍어줄게. 하나, 둘, 셋, 찰칵!"

얘들아 밧줄을 힘껏 잡아당겨

어느 한쪽의 힘이 너무 세면 동그라미는 찌그러지고 만다.
모두가 힘의 균형을 맞춰 힘껏 잡아당기면 크고 동그란 원을 함께 만들어 낼 수 있다.

자! 출동이다

"자! 출동이다." 이 한마디에 어린이들은 순식간에 특공대로 변신한다.
친구들을 놀이로 초대하는 방법은 이렇게 간단한 외침 한마디다.

모험의 다리

모험의 다리를 처음으로 발견한 모험가는
다리를 건너기 두려워하는 친구들을 위해 기꺼이 손을 내어준다.
손에서 손으로 전달되는 용기.
앞으로의 삶에서 펼쳐질 모험에서도 서로에게 손을 내어줄 수 있기를.

4장. 마음

유치원에는 다양한 감정과 시선이 존재한다. 우리는 이것을 마음이라고 표현한다. 어린이들의 시선을 따라가다 보면 이들이 단순한 감정만을 느끼는 것이 아니라 다양하고 복합적인 감정을 느끼는 것을 발견할 수 있다. 때로는 어른의 시선으로 세상을 보는 것보다 어린이의 시선으로 세상을 보는 것이 더 의미 있을 때도 있다.

우리는 일상적인 것으로 흘러갈 어린이들의 감정을 사진으로 붙잡아 공공의 영역으로 배치하려고 한다. 그리고 익숙하게 지나갈 수 있는 어린이들의 감정, 느낌, 기분 등을 일상 속 가장 의미 있는 양상으로 집중한다. 왜냐하면 어린이들이 순간순간 느끼는 모든 감정이 배움의 과정 중심에 있기 때문이다. 감정은 배움의 가장 큰 동기이자 배움의 지속을 가능하게 하는 근원이다. 더불어 감정은 나와 외부 사람들을 연결하고 세계의 지평을 확장한다.

우리는 아이들이 느끼는 순간의 감정과 울림에 함께 반응하며 사진으로 포착하였고 그것을 공유하고자 한다. 우리 주변의 일시적이고 아름다운 경험을 공유하고, 그러한 경험 속에서 감정에 집중하며 아이들의 마음에 공감해보는 건 어떨까?

아침과 같이

어린이는 아침이다. 어린이의 눈빛에는 세상을 바라보는 무한한 가능성과 기대가 담겨있다. 어린이들의 눈은 새로운 날의 기대로 반짝인다. 매일 새로운 모험을 받아들이며, 새로운 세계로 나아갈 문을 열 결심을 하고 있다. 그리고 그 결심들로 설렌다.

어린이들은 마치 아침처럼 신선한 약속과 가능성으로 가득 차 있다. 어린이들은 작은 것들에서 기쁨을 느끼고, 평범한 순간에서 아름다움을 찾는다. 어린이들의 존재는 미래에 대한 희망이며 그들의 성장은 우리에게 큰 영감을 준다. 어린이들의 눈빛은 우리에게 매일 새로운 기회와 가능성을 상기시키며 세상을 긍정적이고 희망적인 시각으로 바라보게 한다. 어린이들과 함께 하는 일은 신선한 기분을 느끼게 해주고, 아침으로 돌아가도록 한다.

어린이들은 여느 아침처럼 새로운 처음과 희망이다.

TODAY IS THE BEST DAY

화창한 날만 계속된다면, 그 땅은 사막이 된다는 말이 있다.
살아가다 보면, 언제나 기쁘고 즐거운 순간만 있는 것은 아니다. 우리의 삶이 그렇듯,
어린이의 삶 또한 다르지 않다. 그렇다고 그것이 꼭 나쁜 것만은 아니다. 눈물을 통해
배우는 것도 있으니까.
어린이는 유치원의 삶 곳곳에서 다양한 감정을 느낀다. 여러 가지 이유로 속이 상하고
눈물을 흘리기도 하면서 성장해나간다.
어느 화창한 여름날, 옷이 젖어 속상한 어린이의 마음이 사진 속에 담겼다.

햇살

처음 그물 놀이터에 오를 때
두 걸음만에 주저앉았던 너는

이제
내 키만큼 올라
나와 눈을 마주치고 햇살같이 웃는다.

이제
너를 올려다볼 날이 머지않은 것 같다.

두더지의 길

뭐가 지나간 길일까?
숲에 남은 수상한 흔적을 발견한 아이들은
나뭇가지 하나로 그 흔적들을 탐색한다.
"이건 아마 두더지의 길일 거야."
"두더지의 길에 두더지가 있는 거 아니야?"
"두더지가 나오면 어떡하지?"
탐색하는 나뭇가지 끝에 미세한 떨림이 있다.

해냈다!

해냈다는 기쁨은
바위를 오르기 위한
도전의 성공과 나를
뒤에서 지탱해 준
형님에 대한 고마움이
합쳐져 있는 감정이다.
어린이들은 누군가
곁에서 끌어주면
성취의 기쁨이 배가
된다는 것을 매일의
삶을 통해 느끼고
경험한다.

◀나한테 뿌려줘

봄날의 햇살▶

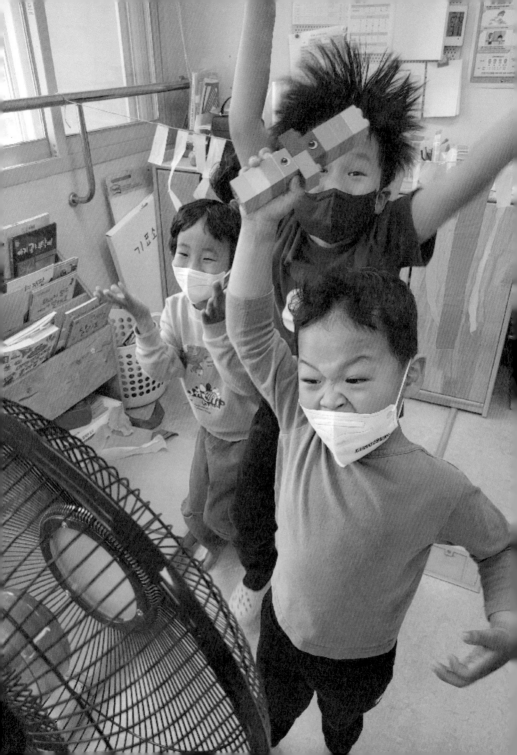

귀여운 아기새

"선생님 저 여기까지 올라갔어요!"
"와, 대단하다! 귀여운 아기새가 되었네."
"저 아기 아니거든요!"
"미안. 너무 귀여워서 그랬어."
"선생님 나 귀여워요?"
"응! 너무너무 귀여워."

◀바람아 불어라

안간힘

철봉에 매달려 내가 얼마나
버틸 수 있을까?
더 버텨보자. 더 버텨보자.
떨어지지 않으려고 안간힘을
써본다.

손끝이 노래지도록 꽉
잡았더니
철봉이 내 체온 때문에
따뜻해진다.
그 온기만큼
내 마음도 뿌듯하다.

물아, 너는 어디로 가니?

수도꼭지를 위아래,
양옆으로 꺾어가며
물이 어떻게 흘러가는지
바라본다.
어린이의 키를 훌쩍
뛰어넘는 긴 물줄기는
친구의 옷소매를 적시다가
방향을 틀자 이내 대야에
시원하게 쏟아져 내린다.
물의 움직임에 따라
어린이는 물과 끊임없이
대화한다.
"시원한 물아, 너는 어디로
가니?"

선생님 저기 위에는요

어린이들에게는 자기보다 커다란
것투성이다.
그렇기에 넓고 높은 세상을
끊임없이 바라보고 궁금해한다.
손에 쥐어진 핸드폰만을
바라보던 어른들에게 위를
바라보는 어린이의 맑은 눈빛은
순수한 영감으로 다가온다.
"그 위에는 어떤 세상이 펼쳐지고
있니?"

시선이 닿는 곳
다정한 시선이 머무는 곳을 조용히 따라가 본다.

테두리

조용하고 낮게, 차근차근 들여다본다. 작은 세계와 그 속에 담긴 마음을 본다.
그 마음들이 삶을 포근하게 감싸는 테두리를 이루고, 이 테두리 안에서 끝없는
이야기들이 펼쳐진다. 이 조용한 속삭임은 시간을 넘어 삶의 깊은 의미를 섬세하게
드러낸다.

너의 모든 순간

모든 순간이 너에게
필요했다. 그것은 마치
별들이 처음부터 그렇게
빛나기 위해 거기에 있었던
것처럼 우리가 서로를
향해 걸어가고 있었던
것은 필연이다. 우연이라고
불리는 순간이 우리의
인연을 완성시켰다.

으악! 왜 이렇게 커!

놀이터에서 하늘소를 발견해 비눗방울반 친구들이 발칵 뒤집힌 날
교실에 들어가면 곤충은 다시 자연으로 돌려보내야 하는 것을 알기에, 시간 가는 게
아까운 곤충 박사들과 커다란 곤충이 마냥 놀라운 동생.
"오빠들은 너무 신나겠지만 난 너무 무섭다고!"

즐거운 여름

여름은 즐겁다.
지난 여름의 경험과 이 순간의 경험이 차곡차곡 마음에 쌓이며 아이의
여름을 만들어간다.

이만큼이나 들어가요! (시원하고 상쾌한 나!)

사진의 주인공인 어린이가 직접 지은 제목은 '시원하고 상쾌한 나'이다. 항상 맨발로 들어가 선생님에게도 같이 놀자고 권유하는 어린이들. 너희는 정말 시원하고 상쾌한 기분으로 놀이하고 있었구나.

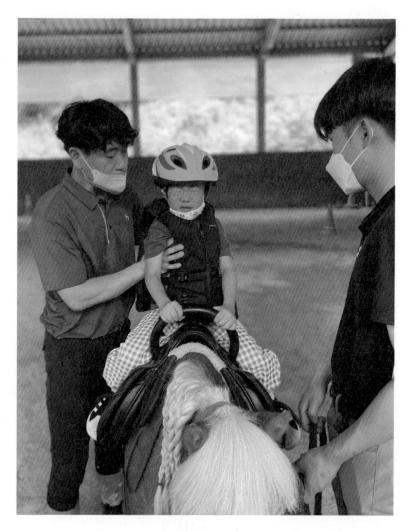

처음엔 그런 거지

잔뜩 겁먹고 울어버리는 네가 너무 귀여워서 찍었어. 미안해.
오늘만 울고 나면 익숙한 다음이 올 거야.

가을을 걷다

가을이다. 멀리서 가을을 가르고 달려오는 너의 미소는
바삐 흘러가는 가을과 다르게 슬로모션이다.

마음을 담아서

마음은 무엇일까? 아이들의 표정에서는 순수한 마음이 보인다. 기쁠 때는 활짝 웃고, 슬플 때는 울고, 놀람과 호기심이 담긴 반짝이는 눈빛으로 마음을 드러내어 보여준다. 이러한 표정은 매우 다채로워서 아이들의 마음속 다양성을 보여준다. 아이들에게 마음은 상상력을 펼쳐가는 공간이다. 마음의 공간에서 세상을 마음껏 다양한 시각으로 바라본다. 타인에 대한 공감도 마음에 자리하고 있다.

마음을 담는다는 것은 자신의 감정을 투영하는 것이다. 어린이들은 자신의 그림에 마음을 담는다. 그림 속에 마음이 '담겨'있기 때문에, 그림은 단순한 표현의 대상을 넘어서 어린이의 감정과 이야기가 된다. 또 마음을 담는 행위는 어린이의 놀이에 특별한 의미를 부여한다. 마음이 담긴 놀이터의 낙서는 다른 사람의 마음에 감동과 울림을 준다. 아이들은 사물에 마음을 담고, 시간에도 마음을 담는다.

마음을 담는다는 것은 우리의 경험을 더욱 의미 있게 만들어준다. 우리가 마음을 담아서 무언가 해낼 때, 우리는 자신의 감정과 생각을 잘 표현하고, 세상에 깊은 연결을 만들어 자신만의 색을 덧댄다.

이제 책장을 넘겨서 책 속에 담긴 아이들의 마음을 보자. 마음을 담아서.

두루유치원에서 찾은 우리의 행복

작은 분필
작은 손에 쥐어진다.

한 글자 한 글자
서툴지만 마음을 담아 써본다.

"우린 행복해."

행복을 쓴 어린이의 마음이
행복을 읽은 선생님의 마음으로
전해진다.

네가 분필을 쥐고
처음으로 남긴 말이
행복이라니

나도 덕분에 행복해.

곤충을 바라보는 진지한 눈빛

작은 곤충의 움직임을 바라보는 어린이의 눈빛은 진지함이 가득하다.
어린이는 자연을 대할 때 항상 진지하다.

하늘에서 비가 와요

모래 놀이터가 보이는 1층 돌봄 교실에는 사진 속 어린이 중 한 명의
학부모님이 계셨다. 선생님과 학부모님이 함께 다급하게 아이의 이름을
부른다. 하지만 너희들은 이렇게 웃으며 이 순간을 즐기고 있구나.

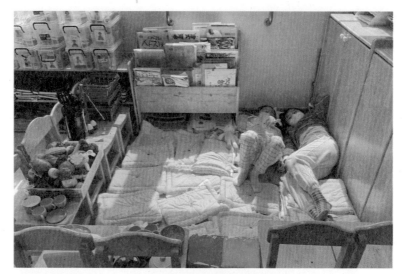

우리의 평화로운 시간

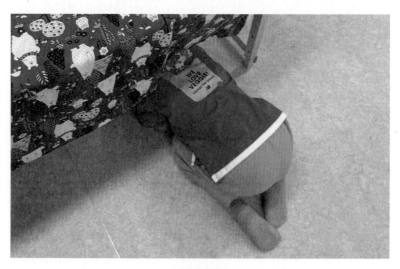

두근두근

언제 먹을 수 있을까?

초여름에 매실을 담갔다.
하루, 이틀이 지나도 못 먹는단다.
한 달이 지났다. 두 달이 지났다. 아직도 못 먹는단다.
기다림이 쌓여 맛을 만든다. 기다림의 맛은 무슨 맛일까?

자고 일어나면 밥 먹어

어린이가 받은 사랑은 인형에게 그대로 투영된다.
어린이의 삶을 담은 인형의 아침이 포근하기만 하다.

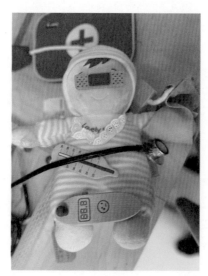

◀과잉진료

깜짝 생일파티 케이크 숨긴 곳은

친구의 생일파티를 준비하는 중, 친구의 생일을 더 행복하게 만들어주기 위해 한 어린이가 서프라이즈 파티를 제안한다.

"선생님, 우리 OO이 몰래 준비해서 깜짝 놀라게 하는 거 어때요?"

친구 몰래 생일파티를 준비하는 어린이들이 신나고 행복해 보인다. 친구가 잠깐 다른 곳으로 간 사이, 직접 만든 케이크와 예쁜 꽃을 담은 접시를 책상 밑에 숨긴다. 아주 작은 목소리로 "선생님, 제가 저기에 숨겼어요."

친구의 생일을 행복하게 만들어주기 위한 어린이의 따뜻한 마음이 느껴진다.

숲속에서 찾은 보석

땀방울이 송골송골 이마에 맺히던
어느 초여름의 숲속.
아이들의 손에는
초록 잎사귀 그릇 위
산딸기, 오디 보석이
오롯이 담겨있다.

마음에 귀 기울이기

두루유치원의 학급은 다양하다 못해 다채롭다. 연령 혼합 학급 편성이기 때문이다. 한 교실에 세 살, 네 살, 다섯 살의 어린이가 함께 있다 보니 어린이들은 더욱 넓은 스펙트럼의 관계를 만난다. 그 관계 속에서 서로 다른 경험과 관점을 나눈다. 아이들은 보다 넓은 관계를 경험한다. 친구가 넘어졌을 때 손을 내밀고, 조용히 옆에서 기다려주고, 설렘과 기대를 함께 나누기도 하고, 서로의 어려운 문제를 돕는 순간들을 종종 목격한다. 이 모든 장면은 아이들이 서로의 마음에 공감하고 지지하는 아름다운 모습이다. 아이들은 감정의 울림에 쉽게 동화된다. 누군가가 행복하면 함께 웃고, 슬픔을 느끼면 함께 위로한다. 감정의 공유는 아이들 사이에 깊은 연결을 만들어낸다. 이렇게 쌓은 유대감은 어린이들이 타인의 마음을 이해하고 공감하는 삶의 도구가 된다. 우리는 아이들의 순간순간을 포착하며, 그 마음에 귀 기울일 수 있었다.

그리고 같이 그런 마음이 되어간다.

모래일체

날이 더워지는 요즘 어린이들은 물모래 놀이에 한창 빠져있다. 너도 나도 물길을 만들기 위해 물을 사용하는데, 이때 물과 모래의 만남으로 펼쳐지는 다양한 놀이를 발견하는 재미가 있다.

먼저 모래와 물이 만나면 진흙처럼 꾸덕꾸덕해진다. 어린이들은 진흙 속으로 손을 넣어 구덩이를 만든다. 깊이 파면 파낼수록 어린이들의 다리가 쑥 들어가고, 다리가 들어가면서 몸이 젖게 되니 엉덩이를 푹 담가서 앉는다.

그렇게 신나게 놀다가 한 어린이가 모래를 잔뜩 얼굴에 묻힌 채 스스로 장화에 물을 넣더니, 그 장화를 신고 첨벙첨벙 걸어 다닌다.

"느낌이 어때? 불편하지는 않아?"

모래와 물이 섞인 장화는 불편할 것이라는 나의 기우를 완전히 무너뜨리는 한마디.

"시원해요!"

첨벙거리는 물모래의 물살이 어린이에게는 드넓은 바다와 같이 자유롭고 시원하다.

길을 잃지 않도록

삼월 내내 교실을 못 찾아 울면서 누군가의 손에 이끌려 왔던 친구가 있었다.

"어떻게 하면 교실을 찾아올 수 있을까?"

"우리 반 앞에 커다랗게 우리 반 이름을 쓸까요?"

"근데, 3층에서 못 찾는 게 아니라 우리 교실이 안 보이는 1층에서부터 못 찾아와."

"그럼 1층에서부터 우리 반 오는 길을 알려주는 표시를 붙이자."

계단과 복도에 빼곡하게 화살표와 별을 표시하는 종이를 붙였다.

우리에게 오는 길을 잃으려야 잃을 수 없도록, 아이들이 마음을 표시한다.

내 마음속에 저장

아이들은 놀이책에 그날 하루의 일과를 기록한다. 놀이책에는 그날 하루 기억에 남는
일과 놀이, 함께 재미있게 논 친구, 아이들의 감정이 차곡차곡 모인다.
"OOO이랑 노는 게 재미있었어요."
함께 재미있는 하루를 보낸 동생과 자신을 함께 담았다.
감상 포인트는 두 어린이가 입은 옷과 머리 스타일을 똑같이 표현한 것!

놀이책에 너를 그렸어

친구의 놀이책에 주인공으로 등장한다는 것은 아이들에게 굉장히 의미 있는 일이다. 여자 어린이는 친구가 무지개 파티에 간 모습을 상상해서 그렸고, 옆에 서 있는 남자 어린이가 이 이야기의 주인공이다. 놀이책 속 자신이 등장하는 이야기를 귀 기울여 듣고 있다.

두루유치원이 조와요

4월 15일, 내가 좋아하는 아이스크림과 내가 좋아하는 두루유치원. 오늘 놀이책에 남기고 싶은 나의 마음, '두루유치원이 조와요'.

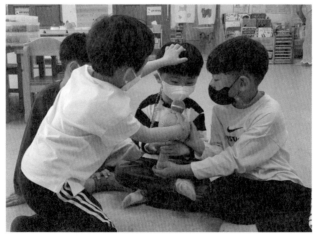

도움의 손길

어린이 다모임을 하던 중, 목소리가 작은 동생을 위해
형님들이 맞춤형 도움을 제공한다.
첫 번째, 마이크를 가까이 대주기. "마이크를 이렇게 올리고, 얼굴을 가까이 대봐".
두번째, 귀 기울여 들어주기. 집중하는 눈빛으로 친구를 바라보아 준다.

내민 것은 따뜻한 손, 다가온 것은 용기라는 마음

내민 것은 따뜻한 손, 다가온 것은 용기라는 마음
열심히 올라온 그물의 제일 꼭대기.
주저하고 있던 동생이 용기를 낼 수 있게 해준 것은 손을 내밀어주는 오빠의 따뜻한
마음이었다.

숨바꼭질

'꼭꼭 숨었으니까
절대 보이지 않겠지?'
'저기 숨은 거 다
보인다. 그래도.'
"못 찾겠다 꾀꼬리!"
동생에 대한 애정도
함께 숨어있는 따뜻한
숨바꼭질

스스로 해보고
함께 해보고

"선생님 오늘 제가 혼자 옷 입고 왔어요!"
스스로 할 수 있는 것들이 하나씩 늘어가는 기쁨. 나의 가치를 소중하게 생각할
수 있게 해주는 스스로의 힘. 내가 가진 능력을 활용하여 친구에게 따뜻한 도움의
손길을 뻗는다. "내가 단추 도와줄게! 나 할 수 있어!"

우리의 가위바위보

조금은 이상하지만 보고 있으면 금방 미소가 지어지는 가위바위보.
동생이 자꾸만 지고 있는데, 언니는 동생이 이겼다고 해주는 그런 흐뭇한 가위바위보.

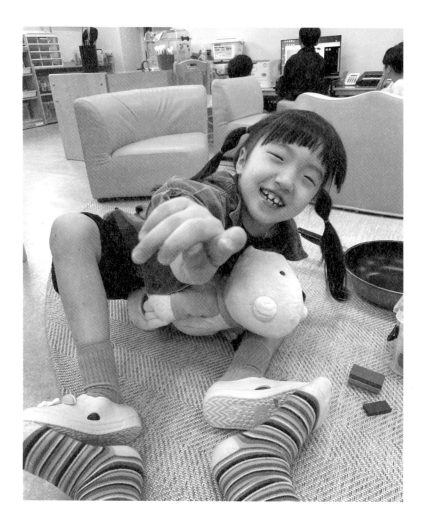

어디로 통했을까?

우리의 마음은 어디로 통했을까?
발바닥으로 통했지.
에이, 꼬랑내.

할까 말까

순간의 선택은 인생을 결정한다.
이 작은 선택의 순간도
결국 나를 만든다.

이 테이프를 끊으면 어떤 일이 일어날까?

할까 말까 할 땐
우리 그냥 해보자.

이게 정말 뭐람

뾰족뾰족하면서 무척이나 크고, 동물인지 식물인지
알 수 없도록 신기하게 생긴 이게 정말 무엇이지?
우리는 이것을 '고슴도치 잣'이라고 부르기로 했다.
물음표로 맴돌았던 그것은 우리가 이름을 지어주자마자
특별한 보물이 되었다.

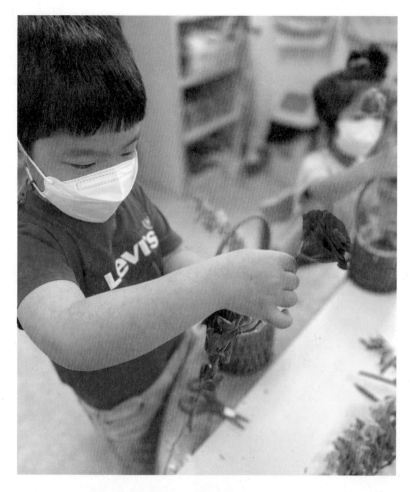

예쁜 꽃바구니 만들어서 엄마에게 선물할래요

"우와, 선생님. 꽃이 진짜 예뻐요. 이거 전부 다 내 꽃바구니에 꽃을래요.
그래서 엄마한테 선물할래요."
어린이는 행복한 순간에도, 좋은 것을 갖게 되는 순간에도 늘 엄마를
떠올린다.

엄마에게 주는 선물

아무리 즐겁고 신나더라도 우리 아이들의 마음속 1순위는 엄마다.

우리가 그네를 타는 방법

"걱정돼."라고 이야기하는 선생님을 안심시키기 위해 우리가 그네 타는 방법을
설명해준다. 보란 듯이 안전하고 재미있게 타 보이기!

전염

전염되는 웃음.
전염되는 마음.

공상과학소설은 아니지만

　이런 상상을 해본다. 우리 모두의 손목에 특별한 시계가 있다. 이 시계는 각자 다른 시간을 보여준다. 어떤 사람에게는 한 시간이 순식간에 지나가고, 또 어떤 사람에게는 그 한 시간이 다섯 시간처럼 지나간다. 또 이 시계의 시간은 순차적으로 흐르지 않는다. 시간은 뒤죽박죽이다. 누군가는 2024년에 살고, 또 누군가는 2019년, 또 누군가는 2035년에 있다. 이런 세상에는 과거나 현재, 미래가 존재하지 않는다. 무엇이 과거고, 현재이고 미래인지 판단할 수 있는 기준이 없다. 즉, 절대적인 시간이 없다는 것이다. 이러한 상상은 공상과학소설에서나 볼 법하다. 하지만 사실 우리 삶에서 실제로 일어나고 있는 일이다. 다만 우리가 사는 세계에는 절대적이고 유일한 하나의 시간이 존재한다고 믿는 점이 다르다.

　코로나 바이러스가 온 국민을 한참 공포와 패닉으로 몰고 있을 때였다. 서류상에서 어린이들은 존재했기에 유치원에 아이들이 없었다고 말할 수 없었으나, 돌봄조차 운영할 생각을 하지 못해 어린이들이 단 한명도 오지 않은 3월 어느 날의 교실은 정말 시간이 멈추어 있는 것 같았다. 물론 우리의 시간은 흐르고 있었다. 우린 불행히도 눈에 보이지 않게 조금씩 노화하고 있었지만, 교실의 시간은 멈추었다. 이게 무슨 소리인가 할 것이다. 교실에 걸린 시계의 시간은 째깍 째깍 잘 가고 있는데, 시간이 멈추었다니 말이다. 하지만 교실에 있어야 할 아이들 없어서 교실의 시간이 흐르지 않았다. 한 학급의 과거와 현재와 미래가 없었다. 사실 교실에 모든 것이 없어져야 이런 가정이 성립한다. 아이들을 기다리고 있는 책상, 사물함, 교구장, 여러 가지 놀잇감과 물질, 창문마저 사라진 네모난 교실이라는 공간이어야 시간이 없다는 그 말이 성립한다. 시간은 그 시간 안에서 이루어지는 관계가 필요하기 때문이다. 그러나 이런 완벽한 조건들을 갖추지 못했더라도, 교실에서 아이들의 부재는 곧 교실 시간의 부재를 의미했다.

시간은 단순히 연속된 순간들의 나열이 아니라, 존재의 근본적인 속성이다. 사진 속 어린이들의 웃음은 현재라는 순간의 웃음이 아니라, 어린이의 과거의 경험과 미래의 꿈을 모두 담고 있다. 과거, 미래, 현재를 모두 담은 어린이의 사진은 어린이라는 존재의 근본적인 속성이다. 그래서 시간은 선형적이지 않다. 과거, 현재, 미래가 서로 얽혀 있다. 우리가 사진을 찍을 때는 그 순간만을 기록하는 것이 아니라, 그 순간이 포함하고 있는 모든 시간과 연결되어 있음을 의미한다.

이 책은 시간에 대한 책이다. 사진을 통해 어린이들의 빛나는 순간들을 영원히 간직하려 했다. 과거와 현재와 미래를 관통하는 그 순간이다. 교실에서 찍은 한 장의 사진은 단순한 기록을 넘어, 어린이들의 성장과 배움의 순간을 영원히 기억하는 방법이다. 우리는 이 사진들을 통해 어린이들이 가진 무한한 잠재력과 가능성을 보게 되고, 그들의 현재와 무수한 가능성이 포함된 미래를 상상한다.

사진은 우리에게 새로운 시간의 차원을 열어준다. 그것은 과거의 순간을 현재에 불러와 미래의 꿈을 키우는 마법과도 같다. 이 책의 마지막 페이지를 넘기며, 우리는 사진이 단순한 이미지를 넘어 우리의 삶과 경험을 의미 있게 반영한다는 사실을 다시금 인식한다. 이 책을 만드는 과정은 교육의 현장에서 만나는 순간들이 단순히 일시정지된 어떤 순간의 포착이 아니라 어린이들의 무한한 가능성과 희망의 증거임을 상기시키는 여정이었다.

40개월을 살아내고 있는 어떤 어린이가 교실 문을 들어서면서 교실을 한번 둘러보고 선생님을 발견했다. 그 어린이는 선생님과 반갑게 인사를 한다. 선생님이 그 어린이와 관계를 맺는 '오늘의 첫 번째 순간'이지만, 사실 그 순간보다 그 순간에 짓는 미소는 더 많은 시간을 담고 있다. 아침에 엄마가 "유치원 가야지" 하며 단잠을 깨웠을 때부터, 꾸벅꾸벅 졸며 세수를 할 때, 지금의 계절과 맞지 않는 옷을 입겠다고 엄마와 실랑이 할 때, 잠이 덜 깼지만 차려진 아침밥을 먹을 때, 아침에 텔레비전을 더 보고 싶지만 유치원 갈 시간이 되어 조금 힘든 마음으로 신발을 신을 때, 유치원까지 걸어가는 길에서 유난히 잎이 신기한 꽃을 발견했을 때, 유치원 현관에서 엄마와 헤어지고 싶지 않은 마음이 들 때, 어쩌면 이런 순간보다 훨씬 전인 어젯밤에 잠들기 전 유치원에 대해 생각하면서 잠들 때, 혹은 어제 집에 가면서 내일 유치원에 있을 일들을 기대할 때도 '오늘의 첫 번째 순간' 안에 담겨 있다. 그리고 오늘의 첫 번째 순간 이후, 즐겁고 행복하게 지낼 무수히 많은 경우의 수와 같은 잠재된 시간들도 그 순간에 함께 있다. 어린이들의 순간들을 함께 살아내고 있는 교사는 어린이와 인사하는 그 순간 또는 그 전의 많은 사건이 있던 시간에 있기도 하고, 오늘 보낼 시간들에 함께 있기도 하다. 뒤죽박죽 엮인 시간이 어린이와 교사가 맺는 관계 속에 실재한다.

우리는 이 시간들을 이 책에 담았고, 이 책이 담고 있는 것은 과거이기도 하고,

현재이기도 하며, 미래이기도 하다. 그렇게 이 책의 운명 역시도 무수히 엉킨 시간을 살아낼 것이다. 그리고 그 모든 시간들을 응원한다. 아니, 믿는다.

책의 에필로그를 쓰는 이 순간에도 사실 책의 제목을 정하지 못했다. 이 책의 탄생할 때 책 제목은 '두루읻따(있다/잇다)'였다. 이 책이 많은 사람들에게 읽히길 바란다. 켜켜이 쌓은 무수한 아이들의 시간에 함께하는 사람들이 입소문을 타고 늘어나서 서점 베스트셀러 칸에 떡하니 자리잡게 될 운명이라면 아마 이 책의 제목은 바뀌어 있을 것이다. 책의 미래가 달린 이 순간을 곧 책장을 덮을 운명에 처해 있는 독자들과 함께 하고 있다.

끝이 아닌 끝.

불완전한 포착, 돌봄적 사진의 아름다움에 대하여

— 김희연(세종대학교 교수)

교수님, 안녕하세요? 청명한 가을입니다. 교수님께서 도와주신 덕분에 사진전 준비를 잘 진행하고 있습니다. 못 오신다고 하셨지만, 사진전 오프닝 초대장을 보내드리고 싶었어요. 저희 잘 준비하고 있다고 말씀드리고 싶어서요. 가장 많은 도움을 주셔서 꼭 교수님께 감사하다는 말씀과 함께 전달 드립니다. 사진집은 저희에게 엄청 큰 도움이 되었고, 초대장 보내드리며 같이 돌려드려요. 교수님 오고 가시는 길에 짐이 될까 봐도 그렇고 초대장 보내면서 같이 보내요. (중략) 그럼 다시 뵐 때까지 건강하세요. (2022, 11, 2,)

교수님 안녕하세요? 그동안 잘 지내셨지요? 기다리던 도록이 이제야 나왔습니다. 제일 먼저 보내드립니다. 늘 응원해주셔서 감사합니다. 새해 건강하시고, 복이 가득하시길 바랍니다. (2023, 1, 27,)

박세영 선생님이 손글씨로 써서 보내신 쪽지 글이다. 두루유치원과의 인연은 국가 수준 교육과정(2019 개정 누리과정 놀이이해 자료집) 연구팀으로 박 선생님을 만나며 시작되었다. 당시는 다른 유치원에 근무하실 때였는데, 모아오신 사진이나 동영상에 대해 나지막한 목소리로 연필로 곱게 눌러쓰듯 설명하시곤 했다. 급하고 가벼운 내 마음을 곧고 따뜻한 눈빛으로 쓰다듬어 아이들의 모습에 집중하도록 이끄셨다. 시간이 지나, 두루유치원은 무서운 추진력으로 어린이, 교사, 학부모, 행정가, 지역사회를 위해 스스로 기꺼이 수고로운 일을 벌이고는 종종 나를 초대해 주었다. 나는 그 노력의 단면에 잠시 끼어들었을 뿐인데 항상 귀한 생각거리를 던져주어 진심과 성심이라는 단어를 떠올리게 했다. 벅찬 마음의 양식을 선물 받았다.

2022 사진전 두루;[잇따] 기획 소식을 듣고 조금이라도 도움이 되고 싶어 일본 숲유치원 사진집을 택배로 보냈다. 오프닝 날에는 수업이 있어 동영상으로 축사를 보내드리고 며칠 후 전시회에 갔다. 모든 사진과 선생님들의 글을 한 장 한 장, 한 글자 한 글자, 놓치지 않고 보, 았, 다. 아니, 놓치고 싶지 않았다. 열심히, 잘, 보고, 싶었다. 그리고 그렇지, 그렇지, 울컥 목이 메었다. 어린이를 위한 교육·보육의 본질과 이 시대의 최선의 노력에 대해 고민해 왔던 긴 시간 동안, 자존심을 앞세워 독설에 가까운 비판을 날렸다. 선생님들의 관찰과 기록과 성찰적 해석의 중요성을 주장하면서, 때로는 낙심하며 비판했고 산발적으로 나타난 작은 성취들에 매몰되지 않도록 경계했다.

작은 네모 사진들과 시적인 글귀로 가득 찬 아담한 전시장에서 나는 이 시대 교육·보육의 유토피아를 보았다. 충만함으로 전율했다. 사진술을 배워 흉내 낸 사진이 아니었다. 자기 자랑으로 포장한 사진도 아니었다. 유아용 교육 전술로 무장한 선생님의 현란한 통제가 스며있는 사진은 더더욱 아니었다. 선생님들은 어린이를 위해 봉직하는 어른으로서의 전문성을 바탕으로 아이들과 깊숙이 교감하며 순간을 포착하고 서로의 생각을 나누고 더하고 있었다. 이런 날이 올 줄 몰랐다. 나는 무엇을 보았던 것일까? 자신과 친구들의 모습을 본 아이들은, 부모님들은, 교육청 관계자는, 지나가던 이웃들은, 무엇을 보았을까? 선생님들은 무엇을 보았고 또 무엇을 보여주시려 한 것일까? 본다는 것은 도대체 무엇일까? 교육·보육 장면에서 본다는 것은 또 무엇일까?

사진이라는 매체를 기반으로 활동하는 사진가들은 '보다(see)'는 의미에 대해 사유해왔다. 감각 작용으로서의 '보이는 것'은 인식 작용으로서의 '보는 일'과는 다르다. 모든 것이 보이는 것이 아닐뿐더러 보인 것 중에서 주목한 것과 그에 대한 해석으로 인식하는 내용이 달라진다. 게다가 사진을 찍는다는 행위는 인식 작용으로 선별된 순간을 사각 프레임으로 잘라 포착하는 일이다. 그래서 우리가 보아서 사진으로 포착한 순간들은 본질적으로 모두 불완전하다. 무엇을 보아서 그 순간 사진을 찍었다면, 그것은 언제나 완전한 무엇이라기보다 불완전한 적극적 선택일 뿐이다.

사각 프레임에 물 반 하늘 반을 담은 바다 사진을 떠올려보라. 프레임 밖 해안가에는 해양쓰레기를 삼키고 죽어 떠밀려온 고래 사체가 있었다면 그 사진은 무엇을 포착한 것일까? 어차피 프레임으로의 포착이 불완전한 이해일 수밖에 없다면, 포착한 대상이 해안가 고래 사체이어야 하느냐, 바다 수평선이어야 하느냐는 맞고 틀리고의 문제라기보다는 무엇을 보고자 하느냐의 문제일 수 있다. 어느 쪽도 사진이 갖는 힘은 각각 다른 방식으로 강력할 수 있다. 그러나 여전히 '더 나은 사진,' '더 좋은 사진'에 대한 질문은 남는다. 이 사진에 무엇을 담고자 했느냐에 따라 포착된 순간의 불완전성을 넘어 본다는 행위의 가치와 서사로서의 사진미학이 중요해진다.

공학자이자 아마추어 사진가였던 고(故) 전몽각은 큰딸이 태어나서 결혼하기까지 26년간(1964~1989) 틈틈이 찍은 가족사진을 엮어『윤미네 집』을 출간했다. 가족의 모습을 카메라 프레임에 담은 수천 장의 사진 중에서 골

라냈을 수십 장의 사진들과 글을 보며 독자들은 눈물과 미소를 짓곤 결혼 선물로 선택하기도 한다. 전몽각은 카메라 셔터를 누르며 무엇을 보았을까? 한 장 한 장 정성스럽게 인화하고 메모하면서 사진과 글로 무엇을 남기고자 했던 것일까? 20년이 지난 뒤 재출간된 이 사진집(전몽각, 2010)은 더 많은 주목을 받아 스테디셀러가 되었다. 필름 카메라 사용과 인화에 필요한 기술적 구사의 수준이나, 조형성, 소재 특성, 주제 해석의 수준이 주된 이유는 아닐 것이다.

사랑을 품은 자신만의 눈길로 가족과의 순간들을 좇으며, 꾸준히 기꺼이 수고로움을 감수하며 담아낸 사각 프레임 너머, 26년간의 환희와 슬픔, 기대와 불안, 성장과 아쉬움, 보람과 이별이 뒤엉킨 아름다운 사진으로 남겨진 윤미네 집은, 독자의 영호네 집, 수연이네 집이 되어 새롭게 가족과 사진의 의미를 찾아가게 한다. 논리적이거나 묘사적인 언어로 표현하기 힘든 사진 미학으로 일상을 변화시키는 깨달음, 에피파니(epiphany)로 이끈다. 그래서 사진가들은 사진의 확장성을 좋은 사진의 기준으로 삼기도 한다. 프레임을 넘어 연결 가능한 프레임 밖까지의 서사를 담고 있다거나 프레임으로부터 자유로운 상상과 질문과 도전을 이끌어가는 사진에 주목한다.

2024년, 듣도 보도 못한 유형의 진짜 '쎈' 어벤저스 아마추어 사진가들이 한국에 등장했다. 세종시 유치원 선생님들이라는데, 아이들을 위해 존재하는 교사로서 의기투합하여 열심히 하다 보니 사진의 힘과 가능성을 느끼셨단다. 사진은 배워본 적도 없지만, 사진 전시회에 이어 사진에세이까지 출간하신단다. 내가 이분들을 조금 안다. '좋은 사람이 되고 싶다'는 바람과 자부심으로 거듭 도전하고, 단단함을 기르고, 그래서 하루하루 한 뼘 더 유능해지는, 정말 좋은 선생님들이다. 유퀴즈! TV쇼에 다 같이 출연해보고 싶다는 소망을 가진 건강하고 유쾌한 시민들이기도 하다. 분명히 시청자로 하여금 유치원 선생님이라는 직업과 존재감을 다시 보도록 하고 어린이의 삶과 배움의 의미를 다시 생각하게 할 수 있는 특별한 선생님들이다.

그녀들이 사진에세이에 실을 짧은 글을 부탁했다. 오랜 시간 손도 못 대고 고민만 깊었다. "아이들의 내일을 위한 선생님들의 사랑과 믿음, 기다림과 성찰의 시간"(강창아 외 12인, 2022)에 나의 어설픈 글이 누가 될지 모른다는 부담감에 짓눌렸다. 몇 번의 독촉을 받고서야, 두루;[잍따] 전시장 한켠에서 울컥 목이 메던 순간이 떠올랐다. 열심히 잘 보고 싶었고, 그렇지, 그렇지, 했던 아주 진했던 그 시간에, 나는 내가 자라남을 느꼈었다. 누군가가 가르친 것도 요구한 것도 아닌데, 담대한 정성으로 더없이 좋은 사진을 찍어 마음을 움직이는 시적인 글귀를 더한 이 특별한 사진 전시는 그 자체로 아름다웠었다. 아름다움을 볼 수 있음에 감사했었다. 나를 보고 눈시울이 붉어진 선생님들이 천천히 사각사각 다가와 눈길로 쓰다듬어 주셨던 기억이 선명했다. 두루유치원 자료들 사이에 간직했던 박 선생님의 쪽지를 다시 꺼내 읽고 도록을 다시 보, 았, 다. 역시 아름다웠다.

어쩌면 아이들을 위한 교육·보육이라는 장면에서 잘 찍은 사진 몇 장, 멋진 글귀 몇 개는 그 어떤 힘도 의미도 없을지 모른다. 스마트폰으로 하루에도 수백 장의 사진이 소비되는 시대, 사진 기술과 프레임의 속성을 이용한 자기과시와 자기환상이 당연시되는 시대, 감시 카메라로 권익과 공정성을 따지는 시대에 아이들을 위한 더 나은 사진을 찍는다는 것은 세상을 향해 열린 더 나은 눈을 기르는 일이 아닐까 생각해본다. 사진을 찍는 목적과 의미가 사라진 사진들, 예쁜이와 귀요미로 조성된 사진들, 소비자의 감시와 취향에 맞춰서 찍혀진 사진들은 아름답지 않다. 즉 포착되어야 할 가치가 없다.

선생님들의 교육·보육에서 최선의 선택을 향하는 섬세한 눈이 전제되어야 한다. 때로는 가까이 파고들고 때로는 넓게 맥락을 보며 교육적인 장면들을 판단하고 사각 프레임에 담아야 한다. 친구들과 고사리손 가득 밤톨을 모아온 사진에는 웃는 표정도 더러워진 운동화도 없지만, 발견, 우정, 탐구, 몰입, 계절이 모두 담겨있다. 나무 구멍 물웅덩이 사진에는 뒤통수만 찍혔어도 호기심과 상상력이 포착되어 있다. 경직되지 않은 표정의 봄 소풍 기념사진에는 따사로운 봄날의 아이들과 선생님의 편안한 관계가 달콤하게 담겨있고, 옷 젖은 아이의 울음보 사진에서는 'Today Is The Best Day' 티셔츠 문구가 포착되어 성장통을 포용하는 선생님의 자질을 암시한다. 사진을 찍는 자뿐만 아니라 그 사진을 보는 자들에게 더 나은 교육적 통찰력으로 나아가게 한다. 사진의 본질적 불완전성은 그렇게 승화되어 사진만의 미학으로 힘을 갖게 되는 것이다. 따라서 교육·보육에서 사진은, 선생님 자신의 교육적 시각으로, 아이들을 성실히 따라가, 보다 나은 이해로 나아가게 하는, 주목할만한 가치로운 순간에 대한 불완전한 포착의 연속적 수집과 해석으로서 의미가 있다.

나는 사진의 한계에 대해 아는 척하고 싶은 혹자가 선생님들의 사진에 불필요한 사족을 달지 않기를 바란다. 사진은 어차피 객관적 진실을 왜곡하는 사기라느니, 유치원의 현실을 제대로 담고 있지 못하다느니, 이상주의적 선생님들의 자의적 해석이라느니, 하는. 전몽각의 사진집에는 윤미의 전부가 있지 않고 남매가 공평하게 등장하지 않으며 가족의 희로애락 모두를 담고 있지 않다. 아버지의 시선이 자녀나 부인의 시선과는 달랐을 수도 있다. 그러나 다 있을 필요도 반드시 같아야 할 필요도 없다. 두루유치원의 사진에세이에는 아이들이 분량 배분으로 등장하지 않으며 아이들이 자라나는 과정과 내용을 다 담아내지는 못한다. 그 순간 그 아이의 생각과는 차이가 있을 수도 있고 선생님의 시각이 앞서 있을 수도 있다.

중요한 것은 선생님들이 보기에, 자신들이 보지 않았더라면 지나쳐버릴 수 있었던 눈부신 순간들을 잘 보아서 연결하고 해석해서 교육·보육의 서사를 담아 남겨주셨다는 사실이다. 유치원에서의 소박한 일상의 순간들을 담대한 정성으로 두루두루 포착한 사진을 통해 아이들의 삶과 배움의 세계를 진정으로 이해하고자 노력하는 모습을 보여주셨다. 독자들이 사각 프레임 너머를 볼 수 있는 보다 나은 눈을 기르도록 초대해 주셨다. 교육과 보육이 분리되지 않아야 할 현대 유아교육에서 아이들을 '본다는 것', '돌본다는 것', 나아가 '돌봄적 사진'의 가치를 되돌아볼 수 있게 하셨다. 교육계뿐만 아니라 사진계에도 길이 남을 역작이라 생각한다.

선생님의 곧고 따뜻한 눈빛이 아이들을 쓰다듬을 때, 아이들은 온전하고 존엄 가득한 좋은 사람으로 자란다. 아이들과 선생님들이 서로를 돌보아 남겨준 고운 사진과 글이 작은 꽃잎으로 날아가 세상 곳곳에 살포시 내려앉기를 바란다.

참고문헌
강창아 외 12인 (2022). 괜찮아요 선생님, 괜찮아요. 살림터.
전몽각 (2010). 윤미네 집: 태어나서 시집가던 날까지. 포토넷.